異類婚姻譚

异类婚姻谭

[日] 本谷有希子——著
唐辛子——译

上海译文出版社

目 录

异类婚姻谭

某天，突然留意到自己的脸和丈夫的脸变得一模一样。

没有谁来告诉我。只是偶然在整理积压在电脑里的照片时，突然这样觉得。对照五年前还没有结婚时和眼前最近的照片，不由得这样感觉而已。至于什么地方一样又如何一样，则实在无法说明。只是，越看越觉得丈夫朝着我、我朝着丈夫似乎正在靠近，令人不由得心里发毛。

“嗯，你们俩？我没觉得有什么呀。”

因为对电脑有些地方不太懂，于是拨通了电话，并忍不住顺便问了一声。弟弟千太以惯有的、如同在水边休憩的动物一般慵懒的声调这样回答我道：

“不是那个什么嘛，两个人老是在一起的话，表情会彼此变得像起来啊什么的。”

“可是按照这个说法的话，你和哈可蕾如果不更像一些的话，岂不是很奇怪吗？”

我按照千太教给的方法，一边打开电脑的文件夹一边反问他。

千太与他的女友哈可蕾从十几岁时就开始交往，比起认识才一年半就结婚的我们，在一起的时间加倍地长。

“同居与结婚到底还是不一样吧？”

“不一样？是指什么不一样？”

“是什么呢，比如密度之类的？”

千太指导我将装有照片的文件夹拖动到有相机图标的地方。

“这个，我特笨，马上就砰地弹开了，又弹回到原来的地方啦。”

果然，经过了两次“砰——”的苦战，总算给照片做好了备份。接着，在与千太商量过近来打算将家里的冰箱通过网络拍卖掉该怎么做之后，我便挂上了电话。没觉得长得像呀，大概是被千太这么一说所以安心了吧，从那之后，我便忘记了照片的事。

受丈夫之托去邮局寄完包裹回家时，看到了坐在遛狗场长椅上的北江。我在玻璃窗上砰砰地敲了几下，看到回过头来的北江朝我招手，于是便决定顺道过去看看。

我们的公寓有给住户专用的遛狗场。是在正面玄关入口突出来的屋顶部上方，铺着木甲板的、像个小公园一样的空间。出入口面向二楼的共用走廊。

推开沉重的防火铁门，才刚刚走进遛狗场呢。

“三三，这儿这儿。”北江就嘭嘭地敲着长椅空着的地方，说，“来得正好。做个伴儿啊做个伴儿。反正也是闲着。”

北江这么说着，将自己改良的手推车拉到身边，从车背上的口袋中取出罐装咖啡。被绳子系住的山椒和平时一样，在手推车上铺着的坐垫中宛如装饰物一般正蜷缩着。北江说和养狗的家庭支付同样的房租，如果搁置不用太不公平，所以每天午后都带上爱猫山椒来到遛狗场晒太阳。虽说北江和我年龄相差近三十岁，但每次见面都感觉她很精神，总是腰杆儿挺得笔直。如果头发没有变白的话，光润的皮肤让人误以为只有五十来岁也毫不奇怪。雪白的牛仔裤比起我来更加适合她。

说起北江，我跟她是在给我家的猫看病的动物医院的候诊室里，因为北江喋喋不休地跟我谈起山椒的大小便失禁而认识的。我们的公寓由 W 栋和 E 栋两栋组成，在这一带是极少见的大型公寓楼，因此进进出出的人相当多，住户之间的联系却极为稀少。对我而言能称得上认识的，也就只有北江了。只是最开始的时候，对于北江强行牵着猫出门的怪异举止，我还保持着一定的距离，倒是像地藏菩萨一样在坐垫上纹丝不动的山椒，反而引起了我的注意，在北江无缘无故来跟我搭上话之后，也就慢慢地开始交谈起来。

我刚在旁边坐下来，北江就说："天气可真好啊！"边说边拉开了罐装咖啡的拉盖。

因为天气闷热的缘故，虽然我只稍走了一会儿，可T恤衫已经紧紧地贴住了皮肤。

“潮乎乎的真是讨厌啊，这日本的夏天。”

北江看着向阳处的木甲板夸张地朝我皱起了眉头。据说在搬到这儿来之前，她和她的丈夫一起居住在旧金山的公寓里。年轻时购买的公寓，价格高涨虽说是好事一桩，但因此连每年必须支付的税金也跟着飞涨，结果不得不含泪放手，选择回到了日本。这是就在不久前北江告诉我的。

所以说啊，三三，买下来的公寓，一年要花五百万！五百万啊。真是荒唐至极让人无法面对呀。北江的丈夫只见过一次，笑嘻嘻地安静地随声附和着，他和山椒极为相似，像是地藏菩萨一样的人。

“我和丈夫的脸，变得一样起来了。”

三三，没什么有趣的话题吗？被北江这么一问，那些本来已经忘记得一干二净的照片，不知怎地就被我说出了口。本来还担心这么无聊的话题会不值一提吧，可北江

“呼啦呼啦”扇着团扇的手突然停了下来。“哎呀！”北江说。没想到她居然意外地表示出很来劲的样子。

“三三你结婚几年了？”

“马上快四年了。”

“我呢，跟三三认识的时间不长所以不是很了解，不过还是小心为好哦！像三三这样什么都照单全收的孩子，可是会在眨眼之间……枯萎掉的。”

因为在木甲板来回奔跑的柯基犬正在朝着蝴蝶叫唤的缘故，我没有听到“……”的部分。心里期待着北江再对我说一遍，可是北江抬手掀起刘海，又开始“呼啦呼啦”忙碌地扇起了手中的团扇。

“照片，下次给我看看？”

“啊，好的！”

之后，北江似乎对这个话题变得毫无兴趣一般，开始将手推车拉到身边，搔弄起山椒的下颌来。差不多是时候了吧，我正算计着起身告辞的时机，这次北江又从手推车的口袋里，取出分成小份的饼干来。

“我认识的一对夫妇呢……”

是！我一边随声附和着，一边慌忙将抬起了一半的屁股又重新坐回到长椅上。北江一边捏碎着饼干一边告诉给我的，是这么一个故事。

某地有一对夫妇。话虽这么说，这对夫妇的长相也好名字也好，北江可是知道得清清楚楚。是北江自旧时起的友人夫妇。包括全家人在内都非常熟悉，但是北江搬到旧金山之后，因为总是时机不合，所以直到过了近十年左右，才总算遇到了再会的机会。

这十年之间，那对夫妇搬家住到了英国。约好了在伦敦吃饭，当到达约定见面的餐厅，北江看到说着“好久不见”并从座椅上站起身来的两个人的那一瞬间，不由得怀疑起自己的眼睛。

“像双胞胎一样，变得一模一样了哦！”

或许是回想起了那时的光景吧，北江闭上了眼睛继续说话。

过去本来就有些像吧。我问。

“不，那什么，完全不像哦。所以，最开始那一瞬，我还以为是不是整容了呢。”

用餐中，北江不动声色地多次悄悄偷看和对比着那对夫妇的脸，心里也想过是不是上了年纪的缘故呢？可是，仅仅这个理由仍然无法接受两人的相似。况且，更令人不可思议的是，眼、鼻、嘴单独一样一样地看，两个人又是完全不同的人。可是，只要抓住整体重新再看，不知道为什么就会像照镜子一样，形象完全重合在一起。感觉好像受到了欺骗一般，北江无法平静下来。

“是不是吃饭的方式啊，或者氛围之类呢？”

接过递来的饼干，我问。北江“嗯”了一声歪起了头，说：“也许有那样的原因，但更那什么，这个……所谓互相吸取的那种感觉？就是那种彼此之间的相互模仿。”北江说着皱起了眉头。

更加令人吃惊的是，过去那么讨厌的牡蛎和龙虾，妻子居然也赞不绝口地说好吃好吃并不断地塞进嘴里。在北江的记忆中，那些可都是她丈夫喜欢的食物。当北江装作无意的样子将这事说出来时，妻子瞪圆了眼睛，说：“呃？是吗？”又想了一想，然后说：“没这回事啊！我可是从来都很喜欢牡蛎的哦。”说着探过头去望着她的丈夫：

“是吧？”

于是坐在旁边的丈夫也深深地表示同意：正是如此。

结果，心里疙疙瘩瘩的东西还没有来得及消除，北江他们的聚餐就结束了。为了拦出租车，三个人一直走到了大路上。

约好了今后要更加频繁点见面呢。北江说着将饼干的碎片凑近到山椒的鼻子面前：不喜欢吗？嗯，不喜欢。而下一次再会，又是在十年之后了。

约定同样在伦敦的餐厅见面的北江边回想着像镜子般一模一样的两个人，边带着略微的不安寻找着夫妇的身影。当看到从椅子上站起来，回头朝着这边的两个人时，北江不由得“呀！”地低呼了一声。即使相隔有些远，但却是一看就明白：他们又变回了完全不一样的他人。

"还真是有点儿令人沮丧啊。"

北江一边将山椒瞧也不瞧的饼干扔进自己的嘴里，一边这么说道。

"因为，我可是在内心什么地方期待着他们更加相像一点才好呢。"

聚餐结束后从店里出来的三个人，为了拦出租车又走到了大路上。看着先一步走在前面的丈夫的背影，北江突然笑意上涌，将这十年自己心中的疙疙瘩瘩毫不隐瞒地对妻子吐露了出来。真是，十年前的那码事，怎么说呢，那难道是我的错觉吗？

说是再接着喝点儿，北江被邀请到了两人的家中。在夫妇俩款待的葡萄酒喝得差不多时，妻子开口了："北江，去院子里走走吗？"妻子和北江两个人已经喝光了第三瓶葡萄酒，丈夫则早已经酩酊大醉。

家中装饰小石子，可真是大不一样的趣味啊。心下感慨着并四下眺望的北江站起身来摇摇晃晃地跟在妻子的身后。在活用自然的花草精心修建的不列颠式花园，妻子仅凭借着月光朝前走，跨过架在池塘中的小桥。不一会儿，终于在盛开着鼠尾草的花坛前站住了。

“就只告诉北江一个人哦，为什么我又回到了从前的样子。”

大概是葡萄酒的酒劲已经彻底发作，妻子用按捺住笑意的口气说道。

什么呀，你在说什么？北江反问道。

“你看，我为什么还能回到从前的样子，你一定想知道吧。”

妻子继续道，那些啊，那些。边说边手指着脚边的花坛一侧。

“石头？”

北江边凝神细看，边如此反问道。在洒满月光的花坛中，布满了在家中随处可见的拳头般大的石头。

“是啊，这些呢，让它们代替了我。”

妻子建议北江拾起来瞧瞧。北江诧异地蹲下来，拾起手边的一块石头。和摆放在屋子里的一样，是那种略显粗糙的平淡无奇的石头。

“这是什么嘛！”

北江有些不耐烦地脱口问道。“再看看，仔细看。”妻子说。

“如果一直盯着看的话，还真的是一模一样呢。”

“什么一模一样？”

你知道的，仔细看啊。

无可奈何的北江站起来将石头举到月光下细看。心里半是惊愕地想自己恐怕是被作弄了吧，可是在将角度稍许变换后的下一个瞬间，北江的酒醉突然一扫而光。

“太神奇了！”

北江目不转睛地盯着那石头，如此嘟哝道。真的，眼睛也好鼻子也好，一应俱全，一模一样。

神奇吧，妻子也点了点头。然后，对北江说明事情的起因，是源于偶尔放在寝室枕头边的水盆里的石头。因为跟那个人如此之像，所以在替换过程中，一次一次地积累了起来。被妻子这样一说，北江才注意到，在妻子刚刚指着的鼠尾草的花坛侧边，有数不清的大小相似的石头滚落得满地都是。

“就像三枚护身符的故事一样呢。”

我吐了口气叙述了一下感想。是那样的故事吗？北江疑惑道。

“嗯，是的。”

不就是那个要被山姥吃掉的和尚，在便所的柱子上贴上护身符作为自己的替身的故事吗。呵呵，北江用分不清到底感兴趣还是不感兴趣的口气回答了一声，说着站起身来：“妻子问那些个石头要不要作为纪念带一个回家。我到底还是拒绝了。太恶心了呀！”

忽然意识到，遛狗场除了我们以外，已经看不到其他人的身影。谢谢您招待的咖啡。我朝北江鞠躬感谢后，眼见北江推着手推车开始离开，慌忙为她推开了防火门。在共用的走廊通道处，稍许目送了一会儿朝着 E 栋走去的北江的背影之后，我也回到了 W 栋。

回到房间，大致收拾了一下散乱的起居室，便按下了Roomba扫地机器人的开关。

早餐后的收拾有配备的洗碗机帮忙，洗衣服的话有带烘干的洗衣机清洗，到底是谁在做这个家的家务呢，连我自己有时候也分不清。结婚前，我曾在饮水机公司做事务员的工作。因为是小公司，人手不足而不得不被强塞了大量繁重的工作，正在健康崩溃心中烦恼的时候，认识了丈夫。虽说是在交往之后才知道他的收入高出普通人，但对于丈夫所提出的用不着勉强工作这句话，我仍是高兴得手舞足蹈。自此之后，虽说打出了专业主妇的招牌，但过于安逸，藏在心中某处的内疚总是难以拭去。这样的年龄居然就有了房产，总觉得自己的人生过于偷奸耍滑。如果有孩子的话，也许还可以堂堂正正地挺起胸来，但似乎是这种不纯的心情被看穿了一般，老也没有妊娠的迹象。

时钟转到了一点，想起肉末的食用期限是到今天，于是用甜辣味噌炒茄子做了一份盖浇饭。和丈夫两个人时使用餐桌，而一个人的时候就在电视机前的沙发上凑合了。

正在将甜辣茄子饭朝嘴里送时，收到了千太发来的邮件。读着没什么特别内容的邮件，“咯吱咯吱”吃着凉拌黄瓜时，发现自己居然在思考刚才从北江那儿听来的关于那对夫妻的故事。

那是不是真正有过的事呢？那对夫妇后来怎么样了？不知道为何总也无法忘记，到了晚上，想跟下班回家的丈夫说说这事，却怎么也无法很好地整理出头绪来。虽然由北江说出来，这种毫无头绪反倒是留有余韵。果然不出所料，丈夫瞥了我一眼，问：“那是怎么回事？恐怖故事？”然后便结束了。

丈夫经常像鸟啄食一样只挑出味噌汤里的菜。恳求过无数次，希望他不要这样，但说是被医生警告要注意控制盐分，如此一来每天便更是名正言顺地只剩下汤汁。

我趁着夹取醋味噌拌冬葱墨鱼腿时顺便端详坐在餐桌前的丈夫的侧颜。因为丈夫希望可以边吃饭边看电视，所以我的固定位置不在丈夫的对面，而在丈夫的右边。

满脸快活地手握晚酌的高球酒玻璃杯，丈夫完全钉牢在综艺节目前。结婚前，丈夫可是拼命隐藏过这一兴趣嗜好的。但在新婚不久之后，说是有话相告，丈夫让我坐下来，然后正襟危坐地这样对我说道：

“三三，我呢，是一天想看三小时电视的男人。”

我是第一次婚姻，而丈夫则已经有过一次失败的婚姻。据说是因为在前妻的面前隐藏起散漫，还各种装模作样，导致自己变得疲惫不堪。因此，要让三三看到真正的自己。看到丈夫如此认真地袒露心扉，我也就糊里糊涂地满心欢喜起来。

当我明白所谓电视指的就是综艺节目，是那天晚上的事了。三个小时的说法也毫不夸张，相当于用餐与晚酌时间的最低限度。仿佛画面中也会出来味道一般，丈夫粘在电视机前毫不厌倦地注视着。貌似是成功地彻底亮出了“真正的我”，丈夫之后动不动就寻找各种理由，直到最后干脆宣言说：“我是个在家里不想动任何脑筋的男人。”

回想一下，从那个时候开始，丈夫的脸说不定已经在一点点地松懈起来了。

丈夫的眼神，往好里说是很犀利，往坏里说是经常满目狐疑，像爬虫类的一双眼滴溜溜地转动。因为有些驼背，在看别人的脸时，怎么看都像是从下往上窥视一般，初次见面的人十有八九都会留下不愉快的印象。鼻子仿佛被从上方挤扁了一般长长的，嘴唇则相当薄。

而我的脸，则是恰如其分的平凡。从祖父那儿遗传来的圆鼻子矮矮的，从祖母那儿遗传来的嘴唇仔细看倒是有点丰厚，但因为皮肤白皙帮了忙，整体看起来给人一种平板的印象，连自己照镜子时，心里都想过：真是像张明信片一样呀！再加上右眼是双层眼皮，左眼是三层眼皮，完全没有统一感。对我说喜欢这张脸的男人过去也曾有过一个或是两个，所以我也挺满足的，但结婚后化妆的机会减少，如今觉得“明信片感”越来越与日俱增了。

认为这样的我们会相似的人，首先就不会有吧。

可是尽管如此，又为什么会感觉相像呢？侧视着丈夫剃须后留下的痕迹，连我自己都感觉不可思议。

丈夫突然提出想去小旅行。

那天，下班回家的千太为了修理准备拿去拍卖的冰箱而顺道来我家。当时我正注视着在报纸上铺开从家里带来的工具、开始动手搏斗的千太的背影，听到丈夫的话不由得惊讶地朝起居室回过头去：“什么？这么突然。”

“因为，不是好久都没出去玩过了吗？”

丈夫一副彻底放松的模样，手里握着高球酒的玻璃杯。修理告一段落后，正商量着准备叫份比萨，丈夫说，那比萨送到之前得有点填补，说着就一个人急急忙忙地先喝上了。丈夫毫不忌惮地说他可绝对不想干家电配线之类的麻烦事。或是因为身为小儿子的无所顾忌，即使对方是自己的妻弟，恃宠而骄起来也丝毫没有一点迟疑。

千太也是，块头那么大完全可以堂堂正正的，却在某些地方主动表现出一副跟班小弟的样子，所以才和这样的丈夫意外地相处得不错吧。丈夫就像对自己的跟班小弟一样，总是找各种理由叫千太出来，我们姐弟俩见面的机会比起结婚前要多得多。

三三，丈夫在沙发那边叫我。

“宇和野记得吗？以前带他来过家里一次的。”

“啊，那个长得像猴子的人，帮我们安装书架的。”

结婚才刚刚几个月的时候，丈夫说想要长长的一大排直达天花板的书架，所以拜托公司的同事来帮忙。那个时候，大概还对千太有些顾忌吧。

“对，那家伙啊，据说不久前买了一台露营车。”

“哟，是吗？还真能下狠心啊。”

“嗯。不过，说是太忙完全没有时间开。”

“唔。”

“所以，说什么，好不容易买了太可惜，说是希望有人开开。”

“对谁说的？”

“对我。”

“宇和野自己不开吗？”

“不是说了吗，宇和野因为工作太忙。所以，跟我说我替他开开也行。真是的，怎么就不好好听人说话呢？”

“露营车谁都可以驾驶吗？”

也许吧。丈夫歪着头道。“知道吗？”我问在厨房的千太。

“只要有普通驾照的话，估计没问题吧。”

千太用一把像美甲笔一样的小刷子，一边仔细地涂刷一边回答。如此这般反复涂刷上多层专用的黏合剂之后，可以漂亮地复原到外行根本看不出来。

上星期，为了确认能否拿去拍卖，将冰箱从头到尾检查了一遍，结果发现密封垫部分有两处像是裂纹的龟裂。因为千太说能修好便拜托了他，不过看到千太兴冲冲地摆列出连专业人士都自愧不如的维修工具时，身为姐姐不得不无比感慨：比起想成为电影导演，倒不如做个匠人要强得多啊。

“几人座的呢？”

“六人座。说是带淋浴还带厕所。”

丈夫好像是提到自己的所有物一样非常得意。

“所以说呢，那样的话，千太你们也一起去吧？难得可以坐那么多人。”

“啊？真的吗？那么，我先问一问哈可蕾。”

虽然是装着无意的样子发出邀请，但很明显是想要将一切麻烦的琐事都交给千太。

“那还是去山上啊，山上。”

“是去烧烤吧。”

“是啊。挂个吊床啊什么的，喝着啤酒，悠哉游哉岂不是很好。”

男人之间热烈的讨论过后，在龟裂的表层施加了白漆的千太说是要等着漆干，于是叫了一个比萨。

“我啊，最近对于山呀自然呀，还真是说不出地在意呢。”

丈夫像个老爷一样，一个人散漫地坐在沙发上开口说道。

“突然的哦，突然。不知道是怎么回事。”

给丈夫这么一说，我想起确实就在前不久，顺道去书店时，丈夫曾极不相称地拿了本野草图鉴在手里。

“是不是工作过度呢？”

“啊——，工作过度呀，是的是的。”

“经常加班什么的吗？”

“加班呀，老是加的呀。”

丈夫舔着沾在手指上的芝士，多次微微颔首。

“想去山上干什么呢？”

千太喝着可乐问道。

“我啊，其实什么也不想干。就是想发发呆而已。”

“不可思议呀。”

我也插嘴道，一边将手伸向今天头次叫的四色芝士比萨。

“完全想不到就在不久前，还是个将喜欢户外运动的人彻底当成傻瓜的人哪。”

“姐夫的话，今年是多大年纪来着？”

“嗯——，那什么，喂，我今年几岁来着？”

爆眼圆瞪的丈夫望着我道。

“自己的岁数，怎么会不知道的呢？”

“一件一件的都要考虑不是很麻烦嘛。正是为了这种时候，三三，你必须得替我好好记住才行哪。”

自顾自地说完想说的话，看起来已经酒足饭饱的丈夫头也不回地泡澡去了。

千太在连同丈夫剩下的比萨一起全部一扫而光之后，说了声那么重新开工了，又开始干了起来。我也不觉受到影响，开始整理餐具。

进入七月。

正想着梅雨总算要结束了，谁知湿度进一步上升，混杂着暑热愈加增添了不快感。

因为替换成周末上班，突然休息时间多起来的丈夫非常难得地来邀请我：“到外面吃荞麦面去呀。”

是在家附近的定食屋[1]各自吃完浇山药汁荞麦面与鸡肉鸡蛋盖饭，返回公寓途中所发生的事。急匆匆地走在我前面的丈夫“呀”的一声突然停步，电线杆旁边蹲着的女人直起身来厉声喊“等等”，走在后面的我有了不祥的预感——这一切几乎同步发生。估计是丈夫一贯的恶癖——正朝着路边吐痰时，被人目击到了。我心惊胆战地靠近，看到女人的手中紧握着扫帚和簸箕。留意看女人的脸色，可怕的表情显然是完全没有将这当作是件小事。我正想着能不能就这样装成过路人的样子走过去，“三三，你得想想办法。”丈夫回过头来，间不容发地向我求助了。

“怎么了？”

“行了，你快过来一下。”

于是，我提心吊胆地加入了正从眼镜的镜片后面用像是要穿透一般的眼神看着丈夫的女人和丈夫之间。女人看起来正好是我和我母亲之间左右的年龄。

---

① 即专卖套餐的餐厅。

“这个人哪，”在女人的面前，丈夫显得一筹莫展，不管不顾地开始解释起来，“我都说了不是，可她说我刚才是故意的，是看着她的眼睛吐的痰，不肯原谅我呀。那什么，没道理干那种事嘛，三三你也来给解释一下啦。”

于是乎，怒目睨视着丈夫的女人语气激烈地咬牙说道：“这么近的眼皮底下，不可能没有看到，你想说什么？”

行了——你看看，我就说我对付这种事，还真是不行呢。丈夫似乎决定继续朝着我说话。一副很是不胜其烦的样子用手指揉着眼角，满不在乎地继续对我道：“吐痰这事是不好啦，这我也知道，三三你帮我转告一下？”

“那个……”

在女人开口之前，我为了尽可能听起来令人觉得诚恳，小心翼翼地选择着用词。

“这个人原本就眼神不好，总是被误会，那个，尽管如此，也并不是故意吐痰的人。”

“那可不知道呢，这种事。”

女人连瞥也不瞥我一眼地唾弃道。仿佛是要盯瞎丈夫那对暴眼一般，表情变得更加厌恶起来。

“你们结婚了吧？正常的成年人干这种事，难道不羞耻吗？”

女人这么说着，开始从头到脚盯着我们观察起来。丈夫像是什么也没有听见的样子，无言地眺望着女人头顶的上方。我则无法忍受女人的视线，低下了头。

“你们俩住在什么地方哪？”

住在附近。我刚一回答，女人的眉头皱得更紧了。

“既然这样，住址告诉我。”

“住址吗？”我吃了一惊，不禁抬起了头。不明白为什么要那样。

“这是理所当然的了。只有我家被你们知道，没这道理吧。”

一个骑着自行车的年轻男孩从站在道路中间说话的我们身边经过，并不时回头看着我们。我情不自禁地朝那边望了过去。这令女人愈加显出了愤懑的样子，声音也粗暴起来：“像你们这样的，接下来还会干些什么，还真是不知道啊。”

不，那个，那什么。我畏怯起来。真的，那个，以后再不会干这样的事了。那个，绝对的，绝对没有第二次。我低头道歉，希望无论如何都要就此收场，并朝着丈夫的方向望去。只见丈夫不知道什么时候已经无声无息地一个人站到了围墙附近的背阴处，像看电视一样摆出了一副若无其事的旁观者姿态。

“什么，谁让你随便站到那边去的？”

或许是愤怒达到了顶点，女人将扫帚与簸箕放到地上，从口袋里取出手机来：“行了！我叫警察。”

“请等等。现在马上就清除干净。”

我慌忙从手提包里抽出手帕，蹲下身来。炎炎烈日下的柏油道路像是小火烤过的平底锅的底部一样烫热。在电线杆的旁边，我找到了吐过痰的痕迹，用手帕轻轻包起那口痰，将痰抹掉，又在地面上咯哧咯哧地使劲擦了好几遍。

站起身来之后，我再次深深地低下头说“对不起”。说完抬起头，看到女人正毫无表情地望着我。看到她注视着我的眼神与刚才的明显不同，我十分困惑。对不起！我再一次低下头来。可是女人还是什么也没有说。

看来，大概是得不到原谅了吧。我正犹豫着要不要蹲下来更认真地再擦一遍时，女人冷不丁道：

“干得不错呀。”

声音听起来充满厌恶。

唉。

“又不是你的痰。”

完全不明白女人在说些什么。在不明就里的我的眼前，女人拾起了扫帚和簸箕。行了。但是，以后再也不要走过我家门前了！女人单方面下了命令，摆出一副再也不想继续纠缠的样子，做出了像要驱赶动物一般的动作。

丈夫慢吞吞地开始迈步，我也急急忙忙追了上去，拐过了街角。

当女人的身影终于完全看不到时，我深深地吐出了一口长气。“灾难呀。”丈夫用一副与己无关的口吻嘟哝着。被那么个大妈缠上了，三三，还真是倒霉呀。

我一边回想着女人的眼神，一边低头看着一直被紧紧抓在手中的手帕。

不知怎么地，心情十分奇妙。似乎自己和丈夫的身体是彼此纠葛着、紧贴在一起的。在被那位女人说起之前，我的确觉得手帕中的痰似乎就是自己吐的。丈夫又开始唠唠叨叨地发起那女人的牢骚：那样子道歉，怎么就一点没有想要原谅你的意思呢？听着他的声音，这口痰到底是谁的，我又变得完全分不清了。我抬起头来向拖拖拉拉朝前走的丈夫看了一眼。

“呀！”

我不由得大声惊呼起来。

丈夫的眼睛和鼻子滑落到了脸部的下方。

一瞬之间，似乎是对我的惊呼做出的反应，眼鼻慌慌张张地飞快移动，之后就像什么也没有发生过一样，又回到了原来的位置。我吸了一口凉气。

三三，怎么了？

被吃惊的我给惊到了，丈夫反过来开始目不转睛地注视起我来。那张脸是一直以来的、和鱼有点像的丈夫的脸。而刚才的，到底是什么呢？

看到我自始至终不说话，丈夫似乎很快便厌烦了起来，一边扭头窥视着我的脸，一边用痛切的口气埋怨道：“三三呀！你退化了呀。”之后就扔下了我，一个人拖拖拉拉地拐过拐角，消失了。

特别特别仔细地留意的话，会发现丈夫的脸处于临机应变之中。和别人在一起时，是保持着形象的、正常的丈夫的脸，但在只有我们两个人时，精神就变得松弛起来，眼鼻的位置似乎只是随意地被搁置着。因为只不过一二毫米的误差，如果不是对丈夫特别感兴趣的话，估计不会有人注意到吧。就像肖像画的轮廓在水中融化渗洇，产生了暧昧模糊的变化。

为了提醒他本人注意，当他的脸变得随意起来时，我就会找各种借口——“喂，胡子长长了。”“还是去检查一下鼻子为好啊。”——让他去照镜子。可是每次在丈夫照镜子的瞬间，无缘无故地，那些本来被敷衍地搁置在某个位置的眼鼻会分毫不差地、整齐地回归原位。还真是得心应手。刚开始我还感觉有那么一些恶心，但每天看每天看慢慢地我也习惯了。

只是时不时地，丈夫的眼鼻会模仿我的眼鼻的间距。对此真是不得不大为震惊。或许是因为在眼前的脸参照起来比较轻松吧？总之，丈夫的脸变得最为草率的时候，是在一手握着高球酒看着综艺节目的时候。这个是肯定的。

前妻的状态有些奇怪。丈夫开口说出这话时，我刚刚洗完澡，正坐在餐桌前摆弄电脑。

确认有可能成为冰箱拍卖对手的动向，已经成了每晚的例行公事。关上电脑后，我问：

“哪儿怪？”

既然我从来没有说过不要联系，所以心里淡淡地想过或许是有联系的。但如此清晰直接地成为话题还是第一次。前妻交了个新的男朋友过得很好，结婚前就听说了。

“开始发怪异的邮件过来。”

电视进入广告时间后，丈夫才终于回答道。我眺望着从沙发靠背清晰可视的开始发福的后背，以及短发的后脑勺。那是丈夫因为无法让其看到真正的自己而深感疲惫、仅仅两年便离了婚的前妻。当然不会是因为讨厌才离婚的吧。

“怎样的邮件？”

我走到厨房去取午间便泡好放着的麦茶。

“也没什么怎么样。”

“可是，不是很怪异的邮件吗？如何怪异法？”

“就是有点语无伦次吧。”

问要不要回信，丈夫边按遥控器边答说已经给回了。说是写了些不痛不痒的话回信过去，结果又收到了更加语无伦次的回信。是想重归于好吧。我装作无意的样子试探道。但丈夫什么也没有回答。

在思考着关乎前妻之事的那一瞬间，丈夫的脸是不是规规矩矩地很周正呢？在我边喝着麦茶边心不在焉地这样想着时，下一个综艺节目开始了。正在那时，丈夫的后背眼看着萎缩起来，整整地缩小了一圈。

打算去洗衣店才刚走出家门，就看到最近几乎不见人影的北江正呆呆地坐在遛狗场的长椅上。一如既往地伸长着脖子，腰板儿笔挺地端坐着，可是看背影总觉得哪儿少了些精神。

看见用身体推开防火门走进遛狗场的我，北江微微地挥了挥手。

“咦，今天山椒不在吗？”

因为没有看到总是放在身边的、圆点图案的手推车，我这样问道。北江看着某一上方的天空，只说了句“山椒啊”，然后视线就转向了一条正在攀爬栅栏的茶色犬。往常的话，北江此时总是会强邀我快坐下。但今天怎么回事呢？我在心里思量着，又稍许等了等，可北江只是一言不发。

太阳马上就要升到正上方了。上午的时候被建筑物遮挡，无法照射到这条长椅的日光，到了下午便会肆无忌惮地开始暴晒起来。想象着北江那头漂亮地褪去了颜色的头发被一点点地烧焦，总觉得无法就这样离开。“去咖啡馆吗？”我建议道。至今为止，与北江只在动物医院和遛狗场见过面，会不会太冒昧了呢？我有些担心，可是一脸意外地抬起头来看着我的北江丝毫没有犹豫的样子站起身来说：“好呀，走吧。”

“我常去的、卖超好吃的红豆冰的店就在附近。”

说完这句话，北江用完全看不出已经六十过半的强劲脚力迈开了大步。走出公寓，朝着稍许远离商店街的咖啡馆走去。那是一家在陈旧的窗框上挂着蕾丝的老店。 在冷气充足的店堂一角的桌子前迅速坐下来的北江从口袋里取出白色的毛巾布质地手帕，边擦汗边道：“日式那不勒斯意面，忽然好想吃这个。”

三三也吃点儿什么吧？被北江这么一问，虽说有些犹豫，但还是点了北江推荐的红豆冰。中午的时候我刚刚吃过鸡蛋生菜炒饭。

感觉现在问她发生了什么事也有点扫兴，于是全神贯注地倾听店堂里侧开着的电视机的声音，默默地戳着刨好的刨冰。这时，北江紧握叉子搅动着玻璃杯中凉水的手突然停住了。

“千万别以为我没人性啊。”

看到我一副不知如何回答是好的样子，北江赶快纠正道：“对不起。假的。还是认为我没人性的好啊。”

看来不管怎么说，似乎都不是能够轻松问出口的话题。好的，那个、那可是哪个都……我附和着，并一边用勺子将刨冰从容不迫地慢慢摧毁掉。

“说的是山椒的事。”

北江低头看着端上来的日式那不勒斯意面，用极为奇妙的口气断断续续地说道。山椒的大小便失禁，到底是没有治好。

“哎！”我轻呼了一声。的确，听北江说起山椒突然毫无理由地开始失禁，老是要跑动物医院的事，还是去年盛夏的时候。已经是将近一年前的事了。

“那之后，评价不错的医院这儿那儿的也都领着去了，可是却没什么进展……”

北江将手伸向芝士粉，吐出如同漩涡般的叹息。

我家的佐罗咪在刚刚领回家还是小猫仔的时候，也许是想表达希望回到猫妈妈身边的意思，曾经故意在厕所之外的地方撒尿。猫尿的骚臭味特别强烈，不管用多少洗涤剂使劲洗也无法消除。而且佐罗咪总在有自己尿骚臭的地毯同一处反复不断地小便。那块刚结婚不久时豁出来买下的昂贵地毯因为接二连三地老要拿去洗衣店而令人疲惫至极，最后，我们不得不忍痛将地毯从房间里撤走了。

我家的这种状况还好一个来月便解决了。但是，那个时候真以为从今往后都得继续跟小便失禁搏斗了。只要一回想起那种找不到出口的绝望感，至今都直冒冷汗。那以后，都没有再听到北江提及，还一心以为山椒的问题不用说早就已经解决了。

打那以后忍耐了近一年吗？我对北江半是佩服地开口问道："现在是怎样的状况呢？"

想是至今为止一直都在忍耐着吧，话匣子开关在北江的口中崩裂而开。

我真的以为我要神经衰弱了。三三说过你家的是地毯，而我家可是从一踏上玄关就马上看到的走廊开始啊。最开始，是铺着地板的部分，清扫还比较方便，还算好吧，我也就乐观地接受了，可因为总是在同一个地方小便，木头也沾染上了气味。没多久臭味越来越强烈，没办法，只好将那儿的墙壁和地面上都贴上尿布垫。不是顾及美观之类的时候了，还真是。

到现在一口气说个没完的北江终于松开了紧握着芝士粉容器的手。有如大雪堆积一般，芝士将意面掩盖了起来。"可是从那以后很够呛呀，"北江进而继续道，"不干那些多余的事或许反倒好些呢。"

或许是感觉到自己看中的地方被夺走了吧，山椒接下来开始在家中所有的布制品上小便。靠垫上、换洗衣服上、沙发上，甚至北江他们睡觉的床上，山椒故意在各处撒尿。北江夫妇将从医生那儿听来的应对方法逐一试用了个遍，但全都没有效果。为了至少能替换那些被撒过尿的地方，北江连沙发和床一起，全部用胶带贴着尿布垫遮了起来。连盖的被子和枕头上都贴了。于是很不幸地，睡觉的时候经常会发出沙沙的极不愉快的声音，简直就像裹着厚纸板睡觉一样，但却仍然继续忍耐着。也曾将山椒关进猫笼里。如此一来，山椒会发出如同眼见亲妈死去一般的悲痛惨叫。北江怎么也忍受不了。而后听认识的人说让其换换心情的话可以治愈大小便失禁，于是抱着最后的希望开始带着山椒外出。

“三三，我家现在猫用厕所有多少个，你知道吗？”

目送着来添过冰水的女店员无精打采的背影，北江说道：

“十三个呀！十三。到底是和猫一起生活，还是居住在猫的厕所里，已经完全分不清了呀。”

北江笑了，可是，我还是不知道该说些什么好，只是将红豆一颗一颗朝嘴里送。这话题就如同在泥泞中挣扎着想要拔出腿来一样。

“接下来，怎么办呢？”我问。

“接下来，我终于对山椒放手不管了。”

真的很希望有谁能够帮忙领养，可是这样的失禁癖不可能找得到收留的人。也想过将山椒放到神社的院落里去，但怎么也无法想象马上快十一岁的山椒作为一只野猫如何能够活下去。当听北江说伤透了脑筋也得不出答案，为此变得食不下咽时，我终于明白了怎么回事，近来之所以不见人影，都是因为这件事吧。

“于是，就有了说起送到山里去的事呢。”

“是说山里吗？”

似乎是被北江湿润的眼睛给压倒了，我小声道。

“对，山里的话，说是还不错。”

话到了这个分上，北江终于开始吃起一直不曾碰过的日式那不勒斯意面来。因为红豆冰的缘故，我感觉身体开始变得冰凉，便拜托在柜台里正在张望着电视的女店员将空调稍微调弱一点。而北江则像是萎缩了的气球，目光落在意面上，十分不安地弄着手中的叉子。

我们曾经的新婚旅行地，是安第斯山脉。

在目的地挑选到厌烦了时，看到电视上偶尔出现的马丘比丘遗址影像的丈夫提议说机会难得不如就去南美大陆吧。

按照旅游公司的人所推荐的，我们什么预备知识也没有便报名参加了旅行团。在旅行费用已经转账之后，才知道马丘比丘是在海拔两千四百米的断崖上突然出现的历史性都市遗址。要到达目的地，必须先乘飞机，然后换乘大巴、火车，再换乘大巴。当得知并非那种轻轻松松就可以前往的地方时，我胆战心惊起来。不管看哪一家信息网站，都不厌其烦地强调说：总之肯定是极为辛苦的旅行，因此务必确保健康万无一失。

如此一来，为了增强体力，我们开始了夜间快走。可是，才在家附近的公园轻绕了一圈、走了才三十分钟左右的时候，丈夫已经在一眨眼间扯起了嗓门：“我已经够了！”

“一旦有什么的话，我就在酒店休息。三三，你就替我拍些录像来啊。”

绝不是在开玩笑。对于活动身体这件事觉得比什么都麻烦的丈夫，说这话时满脸都是郑重。

可是，一旦到达库斯科的街头，当患上高山病的团队游客一个接一个诉说身体不适时，只有丈夫，好像后背长出了翅膀一般，轻快地四处漫步。这么逞强，接下来如果身体突然垮掉的话……我心里真是捏着一把汗。但在第二天，到达马丘比丘之后，丈夫说“比平时要能走得多呢”，愈加活蹦乱跳地在遗址四下里窜来窜去。

“对我而言，海拔不高啊。”

降落首都利马后，丈夫深切地感慨道。在其他团队游客重新恢复了精神，正在享受着一个小时的自由时间时，丈夫又回到了平时的丈夫，理所当然地坐在星巴克咖啡的椅子上一步也不想挪。听北江说起了山，不经意间，我便想起了那时候的事。

在遇到北江的几天以后，高中开始便很要好的哈色菠委托我做结婚典礼二次会[①]的干事。一开始我拒绝说应该还有其他更加合适的人选啊，可是对方说似乎我的时间最为空闲。这么一说倒也的确如此，于是便答应了。和过去在公司上班一样，在经过了一段匆匆忙忙的日子后，梅雨已经结束了。

在持续的连日酷暑中，每次见到被准备工作追赶得慌慌张张的我，丈夫就会一副很感叹的样子说："你还真是能给自己找事啊。"

"如果是我的话，给钱也不干的哟。"

"没有办法呀，因为是哈色菠。"

---

① 正式婚宴结束之后，新郎新娘与要好的同龄朋友之间的第二次聚餐。

我忍住怒气回答道。我们结婚典礼的时候她帮了那么多的忙，丈夫已经全忘记了。

“说起来，哈色菠就是那谁吧。失败过一次，还有孩子的吧。所以说，应该也够了呀。为何还要再特意办什么仪式之类，弄得那么麻烦呢？”

“正因为如此，正式的场合就只有亲属参加，朋友的话都只要参加二次会就行了。”

说到这些，想起我们结婚的时候，丈夫也是什么也不干，几乎都是我一个人负责准备的。

“这么辛苦的话，就正经收钱呀。”

给出了这么个离谱的建议之后，丈夫又开始看起了电视。

每次看到伸腿躺卧在沙发上的那个背影，我就有一种自己似乎在和不轻松宁勿死的新物种生活在一起的感觉。说起山椒大小便失禁的时候也是一样，丈夫抱住身边的佐罗咪，“佐罗咪，你若是给我添麻烦可不行哦。明白吗？”非常执拗地说给佐罗咪听。对于轻松这件事，为什么可以毫无愧色到这种地步呢？真想问一问，但就连回答这个问题，这个生物也一定会说真麻烦。也许不知不觉中，我和人类以外的物种结了婚。

那之后有好几次吧，都在遛狗场看到北江，但因为没有时间，再加上还有些没由来的胆怯，因此都没能跟她打招呼。

山椒，到底是无法在山上活下去的吧？不久前，从咖啡馆刚出来的时候，我想这样对北江说。可是，不知为什么话到嘴边却变了形，变成了“下次我也尝尝日式那不勒斯意面”。说完这句毫无关系的话之后，我们便就此告别了。“下次再见时一定要认真说出来”、“可是反正怎么样也说不出口的吧”——这两种心情就这样一直在空中悬浮着。

在新宿的一家大型文具店买好婚礼二次会使用的模造纸和贴纸往回走时，想起哈可蕾工作的牙医诊所就在这附近，决定去露一下脸。这次拍卖冰箱，哈可蕾帮了我许多忙，至今没有好好谢过她。

刚刚走下延伸到地下的台阶，就与正在前台接待的哈可蕾目光相接。正犹豫着要不要进去时，哈可蕾在跟另一名负责前台接待的女孩耳语过后，已经推开门出来了。

“怎么了？”

大概是对我手中的大包裹感到吃惊吧。

“正好到了这附近。”

我吁了口气，将文具店的大包裹放下来。

“前段时间，真的非常感谢。千太说没有关系，所以就拜托你了，可拍卖这事，这样那样的到底是非常麻烦的呢。”

拍完照片之后，要获得ID，还要回答买家发送过来的问题，等等。在得知还有堆积如山的事非做不可之后，我结果还是一股脑儿全扔给了他们两个人。当收到哈可蕾发来的邮件，说有人在问“冰箱是几年前买的”“在什么地方买的”时，我还在慢悠悠地寻找保修书呢，千太的电话就来了：“姐姐，现在不赶快回复的话，评价就下降了。”千太的催促令我惊讶。是不是焦急过头了？我提醒千太。反而被千太提醒说：现在评价稍微下降一点点就无法进行交易了。想到不应该让将 ID 借给我的哈可蕾的评价受到损害，我慌慌张张地四处搜寻保修书。后来总算是平安无事地成交了。直到成交后对方的评价送到为止，操心劳神就没停过。

“不过，还真是有人花七万日元买下来呢。我们以前拍卖冰箱的时候，中标人为零呢，零！”

“还真是呢。其实本来的话，是打算支付处理费，让负责处理的行业人员来拿走的。那样居然还卖了七万日元呢。”

“是在海外非常有人气的厂家呢，虽然我没有听说过。”

“那个啊，大概是他前妻的爱好吧。那么别致的冰箱，那个人自己不可能买呢。”

“姐夫还真是舍得呀。”

“装样子的啦。呀，哈可蕾，好像在叫你呢。”

前台接待的另一个女孩，正指着电话在轻轻挥手。

“我马上就要下班了。稍微等一下的话，可以一起走。”

“哦，是吗？那么，既然来了就等你吧。”

哈可蕾说待在接待室也没关系，于是和她一起进了诊所里面。在散发着类似消毒液气味的空间的长椅上，坐着一位仿佛俯瞰一般正盯视着地面的长发女人。这儿有很多不同寻常的患者。以前有过一次，来给牙齿做美白时，哈可蕾曾这么告诉我说。怎么不寻常？哈可蕾回答说：我们的院长，又出书又开讲演会，说是不管遇到什么都不能拔牙。因此，日本全国各地的患者都来了，但都是些深信自己因为在其他医院被拔了牙所以人生乱套了的人。因此可以说和普通的牙科有些氛围不一样。

所以，若是治疗的话，还是去别的地方好。哈可蕾忠告我说。哈可蕾比我小六岁，从千太第一次将她介绍给我，至今已经过去近十年了。哈可蕾想到什么总会对我直说，无需任何顾虑。长着像女儿节人偶中三人官女一样的脸蛋，稍稍有些厚的单眼皮，在我看来非常可爱，但其本人却似乎有些自卑，甚至还曾经很认真地来跟我商量是不是要去做一次整容手术。以前来美白牙齿的时候，没有卫生士资格的哈可蕾曾帮我去除牙垢，当我一派轻松地跟她讨论难以去除的黄牙斑时，哈可蕾说："削掉不就好了吗？"说着，眨眼间的工夫便咯吱咯吱地将黄牙的表层给削了。就是因为这，至今我的门牙下方，还保留着一个牙签尖儿大小的凹坑。

坐在女人身后的长椅上，正哗啦哗啦地翻着杂志时，已经脱下制服换上私服的哈可蕾从内侧的门里走出来说"可以走了"。我站起来时，装着模造纸的口袋沙沙沙地发出巨大的响声，可是长椅上的女人仍紧盯着地面，一动也不动。

"说起来，最近前妻发来了些语无伦次的邮件呢。"

刚才关于冰箱的话题还残留在我的脑子里，因此刚在用餐专区坐下，就说起这件事来。

呀！那可真让人担心呀。哈可蕾用并不显得特别担心的口气回答道，边说边从筷套里抽出一次性筷子。

“看起来很好吃哦，我刚刚也选你这个就好了。”

我一边取下便当盒上的皮筋圈，一边羡慕地凑过去看哈可蕾手中的饭盒。

“那么，我的里脊肉排给你两块，姐姐的鳗鱼也给我一点。”

跟她说好了衣服也行什么都行，给她买样她喜欢的东西，所以才来了百货店。可是哈可蕾却乘着下行扶梯来到地下食品层，闹着要我买便当。前段时间傍晚的新闻介绍了百货店地下层的美食特集，那当中，有一种叫夏季超辣牛排御膳的便当，看起来特别好吃哦。哈可蕾眯起厚厚的眼睑，快言快语地说明道。

或许那个新闻也有效果吧，傍晚的熟食柜台熙熙攘攘。四处悬挂着“越夏便当展”的条幅。

哈可蕾确认过楼层导航，招呼了一声“姐姐，在这边”之后，便目不斜视地径直走了过去。原本就不擅长走路的我在撞到好几个人的肩膀之后，才总算追上了已经在牛排御膳前排上了队的哈可蕾。本打算就这样站在角落里等着，但极偶然地，旁边的食品柜里堆放着的“特选！四种鳗鱼竞食便当”跃入眼帘，一不小心受到诱惑便买了下来。四万十川、滨名湖、三河、宫崎产的蒲烧鳗鱼，甚至还搭配了白烤鳗鱼，真是有如梦幻一般的便当。将这四种一点点用筷子戳开，我将鳗鱼夹到了哈可蕾的白米饭上。

“今天也来了吧，那语无伦次的邮件？”

“也许吧。”

“呀！那个，姐夫是这么说的吗？”

“即使没说，也是知道的呀。”

“哎呀。哎呀。可是那个，不是有些让人担心吗？那个前妻，是个大美人吧？”

“是的，是位大美人。说是跟什么电影里的女演员长得像呢。”

“还是大长腿吧？”

“大长腿。”

“跟那样的人分手后，为什么会和姐姐结婚的呢。”

“是啊。”

那样的人如果看到丈夫真正的样子，会怎么想呢？

“哈可蕾，你不准备和千太结婚吗？”

被冷气冻得哆嗦着打了个寒颤，抬头朝天花板一看，嵌入式空调的送风口正好就在我的头顶上。从包里拿出薄衬衣来时，我开口这样问道。正在不慌不忙地仔细嚼着肉排的哈可蕾“嗯”了一声之后便沉默了。或许是在认真考虑吧。眼睛虽然一直盯着蒙上了一层雾的玻璃屏障，但嘴巴却非常有规则地继续咀嚼着肉排。也许，到底还是那孩子不可靠？不是不是，不是那么回事呢。嗯，但是该怎么说好呢。或许我自己也根本就不明白呢，也许是还想继续再做一会儿各自不同的人吧。不同的人，哎！嗯，因为，结婚的话，对方好的地方不好的地方都是要咽下去的吧？如果不好的地方更多的话，是彼此无法容忍的呀。

哈可蕾一边大口咀嚼着一边说道。

对了，姐姐，你知道蛇球的故事吗？我啊，为什么会读这样一个故事呢，或者，是以前谁说给我听的吧。有两条蛇，彼此食用对方的尾巴。一次接一次，每次吃相同的长短，最后，只剩下头跟头，变得像球一样。接下来，彼此的头也被干干净净地吃掉然后消失。明白了吧？结婚什么的，在我心里也许就是那样的形象。现在的自己也好，对方也好，待你开始察觉时便已经没有了。嗯，不过，也许并不是那样吧，也有不同的感受吧。

嗬，蛇球啊。我的脑海里浮现出被鳞片密密麻麻覆盖着的雪白肉球，手中的筷子则拨弄着盖在白米饭上的蒲烧鳗鱼。真是相当尖锐的婚姻观呀。

啊？是吗？边喝着从自动售货机买来的焙茶滋润着喉咙，哈可蕾边回答道。不过，那个故事，说的可是两条蛇以相同的速度吞噬对方。而我和千太的话，说不定是我一口便吞了对方呢。

原来这样啊！我边应着边将撒满了山椒的蒲烧鳗鱼放进嘴里。还是滨名湖的鳗鱼肉比三河的更结实、更滑润呢，我心想。

哈可蕾的话，令我不得不暗暗心生感慨。

之所以这么说，是因为至今为止，我每跟某个人关系变得亲密时，就总能品味到自己在一点点地被替换掉的那种心情。

对方的所思所想、对方的兴趣爱好、对方的言行举止，在不知不觉中会取代自己的那一部分。每次察觉到自己装出一副“我原本就是这样的吧”时，就总是不由得心里一惊。即使我想制止自己，但却没法制止。或许，还并非只是“装”这么简单吧。

男人们都像渗透到土地里的养分一样，通过我的根部，潜入到我的深处。每次与某个新的人交往，我就会被移植，以前的土壤养分就会彻底消失。或许是为了证明这些，我几乎完全想不起与过去交往过的男人们一起度过的日子。而且非常不可思议地，和我交往的男人都很主动地想成为我的土壤。于是最后一定是我开始感觉到，因为土壤的原因，根部正在腐烂，于是惊慌地打碎盆子，强行将根部拔出来。

是土壤不好呢，还是一开始就是根有问题呢?

当初决定和丈夫结婚时，我并非没有想到过自己终于要被全部移植，不再有任何痕迹。

可是，在结婚已经过了四年的现在，我也并没有打算从这片叫做丈夫的土壤中逃出去。但自从听了哈可蕾所说的关于蛇球的故事之后，我感到至今为止一直模模糊糊的东西，终于变得清晰明了起来。恐怕我一直都在让男人们吞噬着自己。现在的我，已经是被许多条蛇吞噬过的类似于蛇的亡灵一样的东西。在被丈夫吞噬之前，自己本来的身体早就已经失去了。所以，对于与自己住在一起的另一半，管他是丈夫也好，或是类似于丈夫的东西也好，我才会并不那么在意吧。

车站前的豆腐店门前，燃着蚊香。我装出凑过去看陈列柜里摆放着的豆腐渣和炸豆腐丸子的样子，深深地用鼻子吸了一口蚊香的烟味。或许是因为这令人怀念的气味吧，不知怎地心底里忽然便松了口气。

“在干什么呢，你那是？”

晚饭之后，丈夫十分罕见地没有看一直开着的电视，而是入迷地盯着 iPad。我不由担心地凑到他的手边去看。

“嗯？”

“游戏？”

“游戏。”

“什么游戏？”

等了等，但没有回答。于是只好死了心去收拾餐具，当洗完澡擦拭着头发再回到起居室时，发现丈夫依旧保持着和刚才一样的姿势坐在沙发上。

“喂，浴室空出来了哦。”

知道了。虽然听到了一句含糊不清的声音，却不过是句极为出色的敷衍而已。擦干头发，走上阳台去收中午晾晒的衣服。栏杆的对面有若干棵种植在一起的榉树，就像生长过盛的头发，绿色的叶子极为繁茂，让我想起在公寓楼的信箱里曾经塞进过植物栽培修剪的传单。

坐在起居室的地板上折叠衣服时，丈夫终于开口了：“这个呀，是宇和野推荐给我的哦。”

“宇和野呀？最近关系不错嘛。”

“三三也来试着玩会儿，太好玩了。”

“不要，我才不喜欢游戏呢。”

“最初的时候，我也对宇和野说过同样的话。快看！”

“正在叠衣服呢。”

“那些交给佐罗咪干就好了。喂，佐罗咪，去帮忙。”

丈夫将卧在旁边的佐罗咪赶开，向我招手。平时的话可是从来没有这样执着地邀请过我，今天大概是想要恃宠作态吧。

倒不如说，丈夫看起来更像是希望尽早和我一起变成蛇球。在看电视综艺节目时，也说比起一个人看两个人更开心，之所以缠着我陪他，也只是想消除注视着他时我冷淡的视线。我若是与丈夫同化的话，他就会觉得再也不存在旁人了吧。

没办法，我只好坐到沙发上，凑过去看 iPad 的画面。还以为是什么不得了的最新游戏呢，原来只不过是像以前的家用游戏机一样，用单纯的线条画出来的、貌似海洋与大陆的风景在不断延伸，并在各处有颜色不同的小圆圈在闪闪发光。

“这是什么？”我问。“啊，这个呢，是硬币。”丈夫一边转动着肩膀，一边回答。

“那，这些硬币要怎样才好呢？”

点一下试试，丈夫说。于是我用手指试着按了一下茶色的硬币。丁零丁零，顿时发出刚才接连不断一直听到的零钱掉进储蓄箱的声音。我做好了会有事发生的准备却仅此而已。

“这什么呀，什么事也没有嘛。”

“画面的下方，好好看了吗？钱不是都积攒起来了吗？”

按丈夫说的朝画面右下方一看，还真记录着数字。

“这是攒钱的游戏？”

我问道。丈夫嘴里含着做下酒菜的鱿鱼干，浅浅地点了点头："是。"

"没有敌人吗？"

"哈？敌人？没有啊。"

"积攒了钱，干什么呢？"

"积攒了钱，可以买自己的土地呀。"

"买了土地，然后呢，怎么办？"

"只要有土地，那儿的硬币不是又会闪闪发光嘛。"

"发光吗？"

"发光啊。这样一来，再将那些收集起来，就又能够存钱了，这样一来，就又能够买土地了。"

尽管我什么也没有说，但大概是感觉到了某种气氛吧。"三三到底是个主妇啊。"丈夫将鱿鱼干从嘴里取出来，一副自以为是的样子道。

"不是说在家里什么脑筋也不想动吗，还真是看不懂男人的心啊。"

"为什么就那么不想动脑子呢？"

平时的话我也就当作耳边风，但这次倒是想要问问了。如此露骨地瞧不起家庭主妇，还真是让人生气。

“要回答你的这类问题呢，也就得呢，动脑筋。我可不乐意，行了，不玩的话还给我。”

这么说着，丈夫从我手里将iPad拿了回去，又开始埋头于游戏之中。为了逃离丁零丁零的声音，还有丈夫吮吸着鱿鱼干的声音，我从沙发撤退了。

从那以后，丈夫不管是在洗澡也好，还是上厕所也好，或是躺在被子里也好，丁零丁零的假货币的零钱声总是响个不停。我忍不住担心起来，试着劝他：“喂，其他的游戏也试试看呢？”但丈夫根本就不搭理，说：“这个挺好。”

如果在游戏中，是比现实更加刺激的梦一般的世界，那还能理解。可是，待在像个布景似的只有海洋、大陆与硬币的单调世界里，什么时候都不愿意出来，又是怎么回事呢？也许那游戏会慢慢地变得复杂起来？但我好几次从背后偷窥过画面，不管什么时候，那画面都没有变化过，只看到丈夫几乎是完全机械式的、将手指放在硬币的图标上。每次问“就那么开心吗”，丈夫总是慢吞吞地回答说不是开心不开心的问题。

有一天，我与时隔多日才从 iPad 上抬起头来的丈夫目光相遇，差一点便要惊呼出声从房间飞奔出去。丈夫眼鼻的位置，已经开始大面积地崩溃了。与其说是另一个人，不如说是作为人的脸，已经不再保持着正常的形状了。

“喂，前不久送来的梨没有了吗？梨。”

可是，丈夫或许是丝毫没有意识到吧，用一对分离得令人恐怖的眼睛望着我，问“已经没有了吗”时的那种语气和平时一样没有任何变化。

有啊，我努力平静地回答道。但声音还是变尖了不少。

“那还不给削削？”

嗯。我绕到右边回到厨房，握着削皮刀的手有些发抖。终于开始超越我所能够容忍的、像是丈夫一类东西的范围了。丈夫的脸，终于开始忘记丈夫了。

将削好的梨盛在盘子里刚拿出去，那个像丈夫一样的东西“噢”地发出高兴的声音，伸手便去拿牙签，并慢悠悠地叙述道：

“我啊，水果中最喜欢的也许就是梨了。”

能不能看到眼前正前方的东西呢？我提心吊胆地守候在一边，只见像是丈夫一样的东西灵巧地捏住牙签，将梨理所当然地塞进了长在下巴附近的口中。牙齿似乎没有什么异常之处，咔嚓咔嚓发出津津有味的咀嚼声。

“哎呀，你不吃吗？”

注意到一直呆立着的我，像是丈夫的东西问道。怎么办呢？可是，这时候拒绝的话很不自然。

在旁边刚坐下来，像是丈夫的东西就将电视机的遥控器抓在手里，顺手换起了频道。

“哎呀，好怀念啊，这个广告。”

电视里在播放我们刚结婚不久时经常播放的广告，现在被当成了竞赛问答的一个测验题。这个，以前常唱[illegible]。

说着，手伸向了高球酒。听着像是丈夫的东西发出的声音，我没有回答而是低着头啃梨。这么说的话，新婚旅行的时候，我将水果全部咬成小块给你，还记得吗？还有过那回事？我心不在焉地回答道。有啊。那个时候呀，三三正在矫正牙齿，碰到矫正器就直喊好痛好痛，什么也不能吃呢，所以我不是在酒店点了个水果拼盘，全部咬成小块，再呸地吐到盘子里给三三吃吗。你将你吃过一次的东西给了我吗？是啊，我吐出来的水果，三三笑嘻嘻地全部吃完了呢。

像是丈夫一样的东西发出的声音就像隔着一堵水墙，只能模模糊糊地传到耳中。所以说，我觉得跟三三在一起说不定很放松。因为那个时候我想过，这个人的话，也许连我的大便也会笑嘻嘻地吃下去哪。

那天晚上，丈夫自从玩游戏以来，第一次没有将 iPad 带进卧室。隔了相当长的一段日子之后，丈夫的手伸进了我的被子里。我想假装睡着了，可是因为丈夫准备开灯，我不由得赶紧拉住他的手。

黑暗中丈夫动作敏捷地只脱去了我的睡衣的下半部分。在自己的上面开始蠕动起来的东西，究竟是丈夫呢，还是像丈夫一样的东西呢？但很快我就开始惧于去思考这些，只是一味地紧闭着眼睛。而当肌肤开始一点点地变得柔软，身体变得松懈起来时，我已经分辨不出那正在感受着的，究竟是自己还是什么。啊，这不就是蛇球吗？我越发闭紧双眼，想要忽视掉身体开始盘曲起来的感觉。于是，盘缠在一起的自己与丈夫的皮肤的分界线，终于混杂在一起。变成了蛇的丈夫张开口将我从头吞了下去。我在丈夫的黏膜之中拼命地想要挣扎，可是没多久，依旧感觉很恶心的丈夫的体内，一点一点地变成了心情舒畅的所[illegible]留意的话，会发现是我自己在拼命地让丈夫吞噬我自己的[illegible]是如此津津有味地吞噬着我的身体，令这种味觉也感染到[illegible]好像正在品尝着自己一样。

哈色菠的婚礼结束后，我又重新回到一成不变的日常生活，在常去的药店收银台前，意外地和北江撞了个正着。

“哎呀。”

刚看到我的脸，北江就发出了响亮畅快的呼声。

“那什么，感觉好久不见了，还好吗？”

还好，托您的福。我张皇失措地点了点头。不知道为什么无法直视北江的脸，只好将目光落在了反射着荧光灯高光的地面上。

排在后面的北江探头看了一下我的购物篮，啊，这个柔软剂，和我家的一样。不错哟，这个，北江边说边用手一指，飞快地朝着厨房用品专柜那边走了过去。

稍许犹豫之后，我还是决定在药店门前等北江。蝉在使劲地喧闹着。我正比较着卫生厕纸的价格时，拎着塞得鼓鼓囊囊的购物袋从自动门出来的北江马上注意到了我。“三三，晒黑了不少啊？”北江像是确认一般从头到脚地打量着我说道。

“真的吗？”

“真的真的。以前可是白嫩得像张纸一样。”

“最近，老是不断地外出有事。”

我不由自主地退到了店前的背阴处。

“哎呀，是这样呀。所以才完全不见人影？”

不明白北江到底是真的相信了我呢，还是不追究我的借口。我边在心里纳闷着，边开口问候道：“北江你最近好吗？”因为犹豫是不是应该问问山椒的事，我和北江之间出现了奇怪的停顿。而北江的注意力则似乎被药店对面的榻榻米店老板给夺走了。那个老板呀，太太生了病真是够呛哦。北江边说着，边慢慢地爬上带有稍许倾斜的商店街的上坡。我也步伐一致地赶紧跟上去。

“对了三三，平时都上哪儿买东西呀？”

边呼哧呼哧地喘着气，北江边问道。

买东西吗？我也同样呼哧呼哧喘着气，仰脸看向了正位于这条上坡路尽头的新超市。那儿品种齐全，价格适中，是我的重宝之地。

“哎呀，那儿吗，果然。”

北江发出似乎有些失望的声音。

“不好吗？那儿？”

“倒也不是说不好。”

顿了顿之后，北江用像是被碾碎了般的低哑声音继续说道：

“那边刚一建好，大家不就都老是去那边了吗？真是可惜呀，难得这儿有一条令人感觉‘就是这儿！日本’的商店街。”

北江这么说着，朝正在洗衣店柜台里当班的女人挥了挥手。“那什么，一次性付款结账是感觉很方便，这种心情也能理解，但是人和人之间的交流接触可就没有了呀。”诸如此类，北江唧唧歪歪地一直唠叨着。不久，北江在坡道的中途站住了，说稍微休息下。在大致眺望了一会儿中华料理店前正排队等待便当的人群之后，掏出常用的白色毛巾布手帕来的北江擦着汗问道：“喂，三三，接下来是去买东西吗？”

“是的。”

我点了点头。正是考虑着晚餐菜单从家里出来的。

“既然这样，陪我一会儿啊。”

呃？难道是去商店街吗？我反问道。北江回答：“给你介绍我常去的蔬菜水果店和肉店鱼店。”说着将毛巾布手帕整整齐齐地重新折叠好，迈开大步将推着自行车的年轻人甩在了身后。

“所以，结果就是要领着去山上了啊。”

千太一副似听非听的样子，边将生火腿塞进嘴里，边哼哼着发出奇怪的声音。虽然已经说了没有时间限制，但似乎依旧想尽快去取下一份料理。在被分成细格的前菜餐盘里各盛上一小口料理总算返回到餐桌的哈可蕾也是一样，在千太的旁边刚一坐下，就表情严肃地抓起叉子开始一个劲朝嘴里塞东西。

“跟平时常去的自助餐完全不一样呢。”

边用手捂着脸颊品尝着泡腌海鲜，哈可蕾边开口说道。

"常和千太一起去的地方，种类更多些，完全超过这儿，我们满以为那便是自助餐的妙趣所在了。可到底还是不一样啊。好的地方，不如说是精简数量来决定胜负，是一点一点严格挑选的呢。"

服务生就站在身边，于是我追加了一杯碳酸水。

"可是，不好意思啊。不久前也请了客，现在又领着来到这么好的店自助餐。"

"自助餐啊，是自助餐。"

千太在一旁插嘴道。

"没关系啦，七万日元的谢意，怎么能够只是一千日元的便当呢。再说我还没有对千太表示过任何感谢呢。"

哈可蕾又俯首鞠躬道了声不好意思，便端起了装饰精细的冷制浓汤容器。

"姐姐，为了这个，我们可是从昨天夜里开始就在饿肚子了。"

好吧好吧，我一边当作耳边风，一边将刚刚添满的冰碳酸水送进口中。因为想起千太曾抱怨过在外面吃饭总是不能吃饱肚子，所以我才邀请两个人来酒店吃午餐。

和每个月丈夫交来固定生活费的我不一样。虽然还是在婚前，但两个人的钱包已经合在一起了。管理全部都由哈可蕾负责。经济观念相当稳健的哈可蕾似乎在外出吃饭前都会让千太先吃上一大碗饭。现在，维持着家计的，莫如说是哈可蕾。所以，千太恐怕是抬不起头来吧。

“喂，什么地方有不错的山，知道吗？”

我将从银色的酱斗壶中舀出的咖喱汁浇在番红花饭上。在斯特罗加诺夫牛肉之间犹豫了好久，结果还是输给了黑色咖喱的诱惑。

“山？说起山的话，难道是这次露营车要去的地方吗？”

“不，不是一回事，是另外的山。”

“姐姐说是要去扔猫呢。”

听到千太的话，哈可蕾从餐盘上抬起了头：“呃？骗人吧，难道佐罗咪要被扔掉了？”

“不是不是。不是佐罗咪，是我呢，认识的人的猫。”

“这样啊，吓我一跳。还以为是佐罗咪呢。”

“不会扔掉佐罗咪的。那个我认识的人的猫啊，开始在屋子里四处小便。说是用了各种方法都治不好，因此那个人，还有她丈夫烦恼了一年多，终于决定将猫放回山里去。”

我一边用勺子舀起咖喱，一边简单地说明道。

“这种类型的，不能说是放回去呢。”

千太小声追加了一句。

“姐姐，你不能说实话吗？”

“就算不说，那个人也是心知肚明的呀。”

所以，这个夏天，北江一直不曾对山椒放手。

“说是稍微凉快些就放回去，说是和她先生已经约定好了。”

回想起在常去的个体商店买好东西后的归途中，鞠躬拜托我能带他们到某座山上去的北江，我不由得一声叹息。

“真是讨厌呢，这种没有答案的问题。”

难道说，就是因为想逃离这类问题，丈夫才无法停住他的游戏吗?

我、接下来、拿鸭排去！将盘子吃得干干净净的千太，宣言着站起身来。哈可蕾则连看也不看他一眼，用叉子交替着卷起培根蛋酱意面与海鲜意面。

“哎，千太在家也是那样的吗？”

我一边想要努力回忆起还在父母家中时的千太，一边问道。

“那样子？嗯，也许是那样子吧。”

哈可蕾或许是没弄明白问题的意思，一脸疑问的样子。毕竟不会像丈夫那样脸部变形什么的吧。我边作如此想边补充道：“千太好像没有什么烦恼呢。”

是呢。哈可蕾深深颔首表示同意。不过，电影剧本总是胡编乱造些满腹烦恼的人。我呀，因此呢，总是觉得特别好笑哦。为了让千太填饱肚子，在家里时我总是逼他吃卷心菜呢。菜很快就会吃光，所以我用卷心菜来增添分量。所以我老是想，千太如果去拍卷心菜的电影倒是不错。我觉得那会比其他的电影要有趣得多呢，不觉得吗？

嗯。我边应着，边将视线投向正在银制料理盆前徘徊的千太。也许是那样呢，也许很有趣呢。

结果那之后，千太又去添加了两回。说是斯特罗加诺夫牛肉 & 咖喱饭意外地非常好吃，然后狼吞虎咽地往嘴里扒。哈可蕾则很后悔从甜品柜拿来的堆得跟山一样的蛋糕还剩下了一大半。结完账走出去时，站立在酒店入口处的两个人就像跟班小弟似的等候着，同时低下头来说："多谢款待。"

回家的时候，已经挥过一次手理当告别了的千太又一溜小跑地跑了回来。

"姐姐，刚才你说过的山，群马怎么样？"

"群马？"

"嗯。想起以前我给认识的摄影师帮忙去那儿的时候，好像有很多无人管理的动物之类在山上呢。"

"哦！这样啊。"

"如果是去那儿的话，回头我将地址发给你。"

“嗯，拜托了。”

说完这些，千太一个转身，便飞快地跑进车站消失了。

一个人在街上闲逛了一会儿，买完东西回到家时，看到玄关有丈夫的皮鞋。

才下午四点不到。难道是去了公司之后回来的？我惊讶地朝里边的屋子招呼道：“我回来了。”可是没有回答。

将东西放在走廊上，走进起居室。看到玻璃桌上放着空了的玻璃杯，作为常备菜提前做好的狮子唐辛子[①]炒牛蒡的食品盒也敞开着盖子就这么搁着。将这些和滚落的筷子一起搬到厨房的洗碗池后，我又喊了一声“回来了吗”并走到走廊。这次是胡乱脱下来的西裤和衬衣，还残留着某种人体的形状便被搁置在一边。

拾起衣服，我敲了敲丈夫房间的门。一打开门，在丈

---

① 一种青辣椒，味道清甜不过于辛辣，果实翠绿细长。

夫的工作台上蜷成一团的佐罗咪看到我马上站立起来，猛地用力伸出两只前爪伸了个懒腰。大概是被关住了吧，佐罗咪发出娇嗔的叫声，靠到了我的腿边。

我将西装挂到衣架上，然后和佐罗咪一起走进卧室。

丈夫正半躺在床上，背靠着床靠垫，身穿T恤和运动裤像往常一样在玩游戏。虽说是白天，可连窗帘都不透一丝缝隙地紧闭着。

“公司不去了？”

我心感愕然地问道。在的话就回答一声在，为什么不回答呢？

总觉得最近有点身体乏力，丈夫继续玩着游戏回答道。声音微弱得似乎要被零钱的丁零丁零声给完全抹消掉。

“去看看医生呢？”

我拾起掉在床侧的袜子，建议道。可刚说出口，马上就意识到：真的是去看完医生就会好的那一类身体不适吗？

"三三，如果我死了，你会怎么办？"

正朝着窗边走过去准备拉开窗帘的我，吓了一跳回过头去。

"什么？突然之间？"

"宇和野啊，说是不久前被太太给说了。太太在非常宝贝的狗做手术的时候，说如果狗就这样死了，会比宇和野死了还要难过。"

我脑子里浮现出宇和野那张长得跟日本猿猴一样发红的脸。这可真是很不幸的事。

"三三也意外地看起来很平静呀。"

我什么也没有回答，猛地用力拉开了窗帘。阳光一口气穿透玻璃飞奔而入，从寝具中扬起的灰尘，还有成条的光线挡住了我，只是一瞬之间，我已然错过了确认正冲着我这边的丈夫的脸。

"也许是苦夏吧。"

将脸又重新转回到游戏画面的丈夫这么说道，于是我也重复了一句："也许是苦夏吧。"

“吃点什么好吃的也许就会好吧。”

“吃点什么好吃的或许就好了吧。”

我又跟着重复了一遍，然后扭头将充满着丈夫气味的卧室抛在了脑后。

可是，丈夫的状态全然不见好。岂止是不见好，还一天一天地脸色变得差起来。虽然还在尽量去公司上班，但晚上几乎睡不着，曾经旺盛的食欲一落千丈，人也瘦了下来。虽然也去看了医生，但也只是模棱两可地被告知或许是残暑苦夏。

我多次说服丈夫戒掉游戏，可是丈夫反驳说将游戏戒了身体会变得更差，就像是被丁零丁零的零钱附体了一样，丈夫不断地积攒着硬币。

“佛经啊，那是。”

一边拉开罐装咖啡的拉环，北江一边说道。

“佛经？游戏是佛经？”

由于昨天下过雨，我感觉到了长椅的湿气，一边不安地挪动着屁股一边回答道。

“是啊。大概三三你的先生呀，想将脑子里的苦恼啦、疲劳啦、厌烦啦全部赶出去，因此才会片刻不离地噼噼啪啪噼噼啪啪地玩游戏啊！”

就像无耳芳一[1]那样吗？我问。北江稍许想了想，点头道：虽然完全不一样，但也许是呢。说不定也有想拼命逃离某种诱惑的可能性呢。

“诱惑？”我惊讶地反问道。

“对。诱惑呀，诱惑。没什么苗头吗？”

听到诱惑二字，我脑子里能想到的，就只有前妻的事了。那之后，丈夫突然不再提起前妻的事，总感觉应该已经结束了，但实际上到底是怎样的呢？

北江看着相互追逐戏耍的狗们，叹息道：“若不是现在这样的话，不管怎样我都会尽力合作的啊。”接下来又

---

① 日本传说故事中的盲目琵琶师，为亡灵演奏《平安物语》。

用顾虑重重的口吻说道："三三也是很难受的时候，对不起啊。"仅仅今天，这已经是第四次开口道歉了。

抛弃山椒的日期，我们已经定下来了。

再等等，再等稍微凉快一点的时候。每次一到星期天，北江就开始拖延时间。但山椒的状态终于到了再也无法逃避的时候。屋子里散发出恶臭，连邻居也开始有怨言了。

"是群马吧？"

极度憔悴的北江强打起精神来，这么开口问道。

"嗯，我也没有去过，不过就网络上所看到的，似乎生栖着各种各样的动物呢。"

"熊啊什么的，也有的吧？"

"毕竟是山，说不定有的吧。"

也是哦！北江又深深地叹了口气。唉，对不起啊。难得你还帮忙做了调查。

或许是傍晚纳凉的时间吧，狗比平时多。北江沉默不语，于是我也眺望着那些狗们，喝了会儿已经变得微温的咖啡。听到孩子们的笑声，北江突然脱口道："真的，所谓幸福，就被这么单纯的事给摧毁了呀。真是刻骨铭心呀。"

"因为，我在决定饲养山椒的时候，可是做梦也没有想到会变成现在这样子呀。只不过是想跟丈夫和猫一起生活，除此以外什——么也没有期待过。就这样我觉得我的人生挺幸福的，可没想到居然毁在猫尿上，真是刻骨铭心呀。"

这么说着，北江又重复了一遍：没想到居然毁在猫尿上。这时有一条狗吼了起来，正站着说话的狗主人中的一位用手指着狗的视线前方，说："蜻蜓！蜻蜓！"

"倒不如我也沉溺于游戏之中算了。"总算是抬起了头来的北江喃喃地说。那是让人无法以为是在开玩笑的、异样地残留在耳边的语调。

和北江告别后，为了采购晚餐食材，我走出了公寓。

自从被北江劝说之后，我也完全偏爱上了商店街。虽然价格跟超市相比要贵些，付账也要一家一家计算有些麻烦，但尽管如此，这种花费时间的感觉令我莫名其妙地觉得，似乎给予了我现如今平板的生活一些深度。没有孩子，也没有工作，对于身为主妇总感觉什么地方心浮不定的自己而言，这样的切实感觉相当难得。

现在自己的生活实际上与岛屿流放没有太大差别吧？一旦过上这种毫无接缝的生活，只有时间应有尽有，所以才不知不觉想到这些毫无意义的事吧。有会结出果实的树，有与动物们尽情游戏的时间，即使是岛屿，也一定是乐园或极乐净土似的岛屿。可是即便如此，偶尔仍会无比怀念原来的自己。刚刚结婚的时候，感觉这样下去自己会变成一个没用的人，偶尔也曾认真考虑过要从岛屿逃脱。可是，马上就会想起互相争夺果实，与他人的纠纷争执。结果，怎么也找不到必须抛弃这个极乐世界的理由。在一边感觉着自己似乎是个某处已经被切断分割的人的同时，也一边就这样飘飘浮浮地成了极乐的住民。

转过街角的花店，我的目光停留在鲜艳的松叶牡丹上。进入九月后，屋檐前摆放着的花草也开始弥漫出秋天的气息。刚刚北江所说的“诱惑”一词，莫名其妙地妖娆复苏。诱惑哦，我低声道。或许，是因为最近只见到过眼鼻不协调的丈夫吧，怎么也无法有所顿悟。在蔬菜水果店边挑选着西红柿，边呆呆地与仅仅只见过照片的前妻样貌联系起来，企图努力地去想象她向丈夫示好的样子。可是，比这种想象更快一步的，是被示好的丈夫的脸开始崩塌变形，令我愈加无法产生出哪怕一丝的危机感来。

比起担心丈夫是否会和前妻言归于好，现在的自己更为伤感的是，想到或许会有一天，自己也会像宇和野的太太一样，对于宠物的死去更为悲伤吧。

正探头在纸箱子里寻找样子好看一点的萝卜的时候，一个小学生模样的男孩从旁边穿过。“伯伯，这个。”男孩说着将一张纸片和一千日元钞票递给了店主。好呀，这是今天的份额哦，每天帮家里买菜，真是了不起呢。接过装在袋子里的蔬菜和找零的男孩子板着面孔走出了商店。原来如此，还有那样的购物方式呢。正在心怀感慨时却无意中遇到店主的目光，顿时难为情起来。“麻烦给我米糠腌菜，要一根茄子。”我开口道。

诱惑着丈夫的并不是前妻之类，而是已经不需要再继续维持像人一样的生活，是彻底放弃了吧的叫唤声。低头看着蹲下身的店主的棒球帽时，不知怎地我想到这些，不由心里咯噔了一下。好！这个芜菁的尾巴送给你啦。店主手抓着袋子站起身来，发过酵的米糠酸味极为刺鼻地一下子冲到了鼻尖。

回到家，丈夫正在厨房里炸东西。

当初恋爱的时候也好结婚之后也好，丈夫可是从来没有做过一次菜的。

“怎么了？”

我吓了一跳，问道。

“看到电视里在做，突然也想做着试试。”

丈夫连看也不看我一眼地说道。最近老是睡觉，是不是身体已经好了呢。对做法蛮了解的嘛。探头朝站在炉子前的丈夫手边一看，崭新的温度计和滤油用的方平底盘等乱糟糟地摊放着。因为不知道什么放在什么地方，所以干脆在超市将需要的东西整套全部买了下来。丈夫大言不惭地说道。

“公司呢？”

“早退了。”

哦，我装出一副置若罔闻的样子，将买回家的食材放到冰箱和食品架上。佛经呀、诱惑呀怎么样了？话都到了喉咙眼里，可是噼里啪啦的油炸声和换气扇的旋转声就像城墙一样将丈夫包围着，让我完全没有开口的机会。

“三三，去坐着。今天是炸货之夜。”

转来转去的我似乎很碍事，丈夫用有点扫兴的声音命令我道。

我在丈夫平日里像被粘牢了似的老是坐着的沙发上坐了下来。抚摸了一会儿跟着一起过来的佐罗咪的毛，可还是无法安下心来。厨房卷纸的地方知道吗？滤油的时候，用微波炉的网和铁托盘就可以了。这样那样一多嘴，丈夫便拿着倒入了高球酒的玻璃杯走了过来，砰地朝桌子上一放。

喝喝这个，看看电视，不挺好吗!

这么说着，丈夫拿起遥控器，打开已经录下来的综艺节目。我无法继续再说什么，只好按丈夫说的，坐在沙发上慢慢喝着我并不喜欢的高球酒。尽管我目不转睛地紧紧盯着电视画面看，可还是一点也不明白：这到底什么地方有趣呢?

差不多三十分钟后，只听到一声：“喂！做好了。”餐桌上出现了盛在大盘子里的、堆成山一般的炸货，还有照葫芦画瓢切好的刚才买回家的米糠腌菜，空玻璃杯也像那么回事地并排摆放着。连装调料的碟子也准备了，还十分周到地有盐、酱和柠檬以供选择。

三三，快点。

丈夫催促道。我坐到自己的椅子上拿起了筷子。

坐在旁边的丈夫轻松地打开啤酒盖，将啤酒倒进空玻璃杯里。

“喂，你怎么回事啊？”

拿起啤酒杯，我感觉有些怪异地问道。

“偶尔的嘛，不是挺好吗。”

丈夫朝自己的玻璃杯里也倒上啤酒，“干杯！”说着端起杯来，喉结上下蠕动着似乎极为甘美的样子。完全是一副要将啤酒渗透到身体里去的痛饮法。

我也被带动起来跟着喝了一口。恰到好处的苦涩和酒精在口中蔓延开来，十分舒畅。

“刚炸出来的是最好吃的。”

给丈夫这么一说，我小心翼翼地朝大盘子里高高堆积起来的炸货伸出了筷子。虽然样子不太好，但裹着的面衣炸成很漂亮的焦黄色。被房间中充满着的气味还有声音刺激着食欲，我在油炸得恰到好处的面衣上蘸了些盐，放进了嘴里。

真好吃！本来还胆战心惊地担心里面会不会没有炸透，结果食材的口感绝佳，一口咬下去便发出松松脆脆的极为痛快的声音。

“在哪儿学的啊？”

我一边嗬呼嗬呼地动着嘴，一边睁大眼睛问道。

“肯定是第一次啊。”

丈夫也嗬呼嗬呼地好像很烫的样子边动着嘴边回答道。

“好有食欲。”

很久没有这么香地吃过饭了。丈夫朝着第二块炸货伸出了筷子，只回答了一声“嗯”。本来还有更多的话想要问，可是丈夫催促着“刚炸好的、刚炸好的”，我也就不甘落后地将炸货不断大口塞进嘴里。洋葱、乌贼、虾、红薯、鸡肉，每一样都很好吃。变换着酱汁与柠檬的口味，一个劲地吃不停。原以为盘子上堆起的山包是两个人不可能吃完的量，现在眼看着一点点变小。我们默默地铲平着炸货，将啤酒灌进胃里。说起来，这样子喝酒，已经是时隔很久了。

“精神好多了啊。”

肚子吃到撑起来时，我带着些许酩酊的口气说道。连自己都清楚眼睛周围一定是有些发红了。

丈夫没有用筷子，而是用手直接捏起炸货，继续默默地动着嘴。

“喂，结果到底怎么了呢？那个，不是苦夏对吧？”

这么一问，丈夫好像不知所云一般歪起了头。想是不知不觉中就放松下来了吧，我微微笑了。

“说起来，今天跟北江说起游戏的事时，北江说不会是被什么给诱惑了吧。”

“‘什么’是指的什么？”

“倒是没有说得那么明白，但好像担心过头了的样子呢。”

我又笑出声来。可是，注意到坐在身边的丈夫丝毫没有笑意，我也不由得恢复了认真的表情。

已经好了吧？我又试探着问了一次。丈夫并不回答，一对暴眼的视线落在盘子上，继续默默无言地吃着炸货。

望着那个毫无表情的侧脸，我想起已经很长时间没有从正面看过丈夫的脸了。

我将剩下的啤酒静静地大口喝了下去。

要不去开家油炸食品店吧。舔舐着沾在手指上的油，丈夫喃喃自语道。

那声音，听起来好像是丈夫的，但又好像是完全不认识的谁发出的。我不由得又喝了一大口突然失去了味道的啤酒。

到哈色菠的新居去玩，傍晚时回到家一看，今天也似乎是从公司早退回家的丈夫，正手拿长筷伫立在倒进了油的炸锅前。

“开开窗子吧。”

屋子里笼罩着油炸食品的热气，显得异常闷热。就好像诀别的母亲也在锅里一般，正凝神朝着炸锅中窥视的丈夫，对于空调遥控器发出来的“噼”的声音总算有了反应，喃喃地道：“三三，你回来了。”那是一种似乎尚有一半徘徊在梦境中的莫名空洞的语调。

放在料理台上的方盘中盛满了裹着面衣的食材。今天晚上又要吃吗？仅仅只是想象一下，都觉得昨晚咽下的炸货似乎已经一口气涌到了喉咙。真的想说：请饶了我吧，连肠胃和食道都早就在大声抗议了。可是，如果病人说，只有在做炸货的时候才能放松起来的话，那又该如何是好呢。

结果，只不过是零钱的游戏被炸货给取代了而已。丈夫的身体不适依旧毫无变化。

“给。”今天丈夫也让我在沙发坐下，并递过来加冰的高球酒。很奇怪今天对如此能干利落的丈夫什么话也说不出来，我将酒杯凑到嘴边，呆呆地注视着综艺节目。果然是一点意思也没有。而这个时候，从厨房里传来的油炸声，与电视里的喧哗声重叠起来，令我的脑子像是覆盖着雾霾一般。而屁股则像是生出了根，感觉想要从沙发上站起身来都相当困难。

“三三，今天去了哪儿呀？”

要求我坐到餐桌边来的丈夫兴冲冲地一边朝玻璃杯里倒啤酒一边问道。简直是老婆般的语气啊，我心想，简短地回答道“去庆祝哈色菠乔迁新居”。

噢！丈夫似乎在旁边点了点头。不过，又或者并没有点头，而是目不转睛地一直在盯视着我也不一定。我感觉自己身体的左半部分躁动不安起来，便拿起了筷子，用泡沫恰到好处的啤酒湿润过口腔，我依照着丈夫的劝说开始夹起炸货。没有米饭也没有味噌汤。丈夫想做的只有炸货。啊，这个呀，是笋。啊，那个呀，是零余子和秋鲑。丈夫似是特别高兴地讲给我听。今天配着爽口的柚子醋尝尝看。丈夫说胃不太好，最近几乎都不碰一下盘子，光是让我一个人吃。

一边心生厌腻，一边将炸货放进口中。可是，一旦一口咬了下去，喷薄而出的食欲令我自己都无比惊讶。嘴里的还没有咽下去，筷子就已经伸向了下一块。是不是身体开始喜欢上油腻了呢？我无法停下来，一块接一块地将炸货放入口中。然后再灌进啤酒，身体从内部开始变得暖洋洋的，就想这样一直不停地吃下去。上瘾地动着嘴，其他什么都无法再思考。

三三开始跟我像起来了，好高兴。

在一旁倒着啤酒的丈夫这样小声嘟哝道。呃？我愣了愣，但嘴里塞满了炸货，根本无法还嘴。急急忙忙想着要快些咽下去，却又被丈夫劝诱道：接下来呢，尝尝柚子胡椒味的。在接下来继续拼命的咀嚼中，丈夫对我说了什么，而我又想要说些什么，已经完全一点也回想不起来了。

吃到肚子鼓胀起来的我任由丈夫牵着手挪动到沙发上，一起呆望着综艺节目。和三三一起真的是好放松呀，丈夫像是唱歌般地说道。是呀！我回答。没有时间思考，就这么脱口而出。

早起照镜子一看，我的脸终于开始忘记我自己了。

恐怕是那天我的眼鼻疏忽大意了吧。猛然一照镜子，“呃？不会吧！”眼鼻似乎很慌张地赶紧集合，想要回到原来的位置，可怎么也无法正确地想起，结果便多少有些模糊不清的感觉。

我再一次目不转睛地紧紧盯着镜子。镜子里的那张脸，眼睛的位置有极微细的偏移，整张脸呆呆地开始松懈起来。

一点一点地朝着丈夫靠近了。

为了紧致起来恢复到原样，我哗啦哗啦地不断洗脸，接下来，又用手指给脸涂抹上比平时防晒指数更高的防晒霜。在涂抹的过程中，多次听到一个声音说："如此操心一张敷衍的脸，你到底想要怎样？"但我好歹挺了过去，并在约定时间之前提早出了家门。

从公寓的地下停车场将车开出来，才刚刚开上车库的斜坡，就看到在出口处，如同约定的那样，站立着北江和她的丈夫。

我从驾驶席走下车来，鞠躬道："今天还请多关照。"边说边在心想：并没什么要请多关照的吧。可是也想不出其他的话。北江的丈夫也似乎一样，比我更加礼貌地低下了头："哪儿的话，我们才要请您多多关照。"北江则站在一旁，将挂在肩膀上的宠物用旅行包像抱孩子似的紧紧抱在胸前。

走近看北江的丈夫，比想象的要矮小些。和北江一样，头发很漂亮地褪去了颜色。虽说与一身白色的穿着不无关系，但怎么看都像是乡间小道边没有祠堂的、被祭祀着的地藏菩萨。

“三三，这是我丈夫新井君。”

北江这样介绍她的丈夫。然后冲着她的丈夫道：“新井，这是我的朋友三三。”北江的说明略嫌粗暴。三三呀，可是从小时候开始就一直养猫的。比起我们，对于猫可是了解得多。交给三三的话，不会有问题的，新井。

北江这么说着，接下来又将脸凑近宠物旅行包有网眼的部分：山椒也不用害怕哦！三三给山椒找到了一座特别好的山呢！对于不知不觉被背负上的重大责任，我虽然心里充满了困惑，但仍请两个人坐到车后面的坐席上，说了句：“那么，出发了。”然后在车载导航里按千太所告诉的，输入了位于群马县的青少年自然之家的地址。车载导航显示到达目的地需要两个半小时。

“是嘛！出乎意料地近呢！”

北江从车后探过头来，紧紧盯着车载导航的画面。

“这样的话，万一有什么的时候，能够随时去看山椒了呢。”

能去吗？往返可是差不多五个小时。我心里盼着丈夫新井能帮忙说句什么，可丈夫新井什么也没有说。于是我也只好装作没有听到的样子。连出发时的那一瞬间从旅行包中传出的山椒小声的叫唤，我也一样装作没有听到。

开上上信越高速不久，便开始看到连绵的群山。秋日晴空湛蓝高远得令人难以置信。山峦起伏的轮廓清晰可见，仿佛正飞速地逼近眼前。如果不是今天这样的心情状态，真想为如此美丽的景色送上掌声。

下了高速之后，依照导航一直朝着山的方向开过去。挨家挨户成群而建的住家开始渐渐出现间隔，很快变成一座一座孤零零的房子，最后连一座房子也看不见了。沿着曲折的山路不断向上开，终于开到了随时随地有动物突然窜出来也丝毫不会感觉奇怪的山间小道。导航显示青少年自然之家还在更前面，行驶途中找到一条没有铺柏油的砂石路，于是决定开过去看看。

坐上车之后，北江跟我事先打了个招呼，便将旅行包打开了。大概一直将山椒抱在膝头上抚摸着吧。

“怎么样？这是山哦，山。”

北江不断地冲着山椒说话，当砂石路终于变成了动物们步行的羊肠小道时，我将车停住了。大概是未将其识别为道路，导航画面上的红色箭头出现了“现在马上返回”的指示。

“到了。”

看到两个人谁也不说话，我只好小心翼翼地先开口。正犹豫着是不是应该熄火时，听到丈夫新井正用耳语般的声音催促着北江：“瞧，说是到了呢。”

嗯。北江这样回答了一声，仍然俯首抱着山椒一动不动。

“和想象的不一样吧。”

我朝着丈夫新井扭过身去，小声试探道。丈夫新井低眉敛目地挤出一个笑容，摇了摇头似乎在说：哪里哪里！

“你看，北江。这可是北江的决定。不能这样啊，都已经到这儿来了。”

嗯，嗯。北江应着，但依旧不肯抬起头来。“那么，我下车去周围看一看吧。”说着我便走到了车外。打开车门的一瞬间，身体顿时被山中的冷气包围，自然而然地张开鼻孔尽情地吸了一大口空气。是那种一下子贴住皮肤的湿润的空气。我重系了一次运动鞋的鞋带，低声说了句“好了”便沿着来时的小路继续朝前走。

四处可以听到鸟的声音。是在树的顶端鸣叫吧。即便凝神细听，也完全无法判断鸣叫声来自哪个方向。虽然早就预想过秋天的山上会很凉，但因为日照被树梢遮挡，令人禁不住地打起了寒颤。在茂盛生长的草木之中混杂着的，还有龙胆与秋桐的身姿。大概是碰触到的叶子上有露水的缘故吧，我感觉到袜子已经有些潮湿了，于是朝停车的方向回过头去。

车子里，丈夫新井好像在拼命地劝说北江。虽然远远地无法看得很清楚，但可以看到依旧紧紧抱住山椒头也不抬的北江和正在说着什么的丈夫新井在晃动的头。

作为我的话，想说还是就这样回去吧，在心里某个地方，我期待着这样的结果。来之前我就想到过，山椒在山上是不可能活下去的。而像现在这样在山上实际走上一趟后，我更加肯定了这个想法。神社的话要好得多吧。可是，北江反对说："有人的地方会被车轧死的。"说她还是孩子的时候，看到家附近的猫因为想过马路，被轧扁。

一直都在听北江几乎是在扯起嗓子般地反复说"如果是山上的话"，待我意识到时，发现自己也逐渐开始认为：如果是山上的话，山椒能顺利地活下去吧。可是，到底是不行。这样子，不行的。山椒是不可能在山上活下去的。若是返回山林的话，相比山椒倒是我家的丈夫更加合适。回忆起在马丘比丘丈夫如同复活了一般四处转悠的身姿，我不由得这样想。

为了防止跌倒，我小心翼翼地在树丛之间一点点朝前走，慢慢返回到停车处时，看到北江将旅行包放在双膝上，正在车旁边的一个树墩上坐着。

“山椒呢？怎么样？”

哎呀，丈夫新井已经说服她了，我心想，并开口问道。

“山椒呀，意外地好像很镇静。”

北江拉开旅行包的拉链，转眼间便将覆盖在上部的尼龙布揭了开来。

山椒。一声呼唤，里面的山椒一边抽动着鼻子一边探出头来。这是山哦，山。是山椒的新家。不管在什么地方撒尿都没关系哦，撒尿，想怎么撒就怎么撒，真好呀，你。

山椒转动起耳朵，十分谨慎地滴溜着圆乎乎的眼睛，隔了一会儿，像是从旅行包里站起身来的样子，伸出大半个上半身来。

啊，会逃掉的。我这个念头刚起，北江已经几乎在同一时间倏然抓住了山椒的头，强行朝着旅行包里拼命地硬塞了进去。

“不要不要不要。”

北江的脸变得仿佛要哭起来，像是闹别扭般地摇着头。

还是就这样回去吧。这句已经到了嘴边的话马上就要冒出来，但我还是拼命地忍住了。说说很简单。可是，这以后怎么办?

不一会儿，察看过周边之后返回来的丈夫新井只是看了看蹲在树墩边的北江，还有旁边像根棒子般呆立着的我，便完全明白了是怎么回事。

“北江，给我。我去扔。”

丈夫新井用类似于答应帮忙洗盘子一样平淡的口气说道。

新井，刚才，你居然说了“你去扔”。北江的眼睛盯着脚边的砂石咬牙说道。可声音柔弱得在平时简直无法想象。似乎接下来再也没有说话的力气了，只能发出

“啊——啊——”的声音。啊——啊——啊——啊——是啊。啊——啊——

丈夫新井从北江的膝头上悄悄拿起旅行包，对呆立不动的我说道：

“那么，我去去就来。”

啊，好的。我如此答道，旋即又马上纠正说：

“我，也和您一起去。”

丈夫新井一瞬之间似乎有些困惑地皱了皱眉头，然后低头朝北江的后脑勺瞥了一眼。

“可以的，一起去吧。三三可是为了这才来的。”

仍然一直低着头的北江开口道。丈夫新井微微点了点头，说走吧，然后朝着山里走去。稍许走远了些时，似乎仍然能听到背后传来北江“啊——啊——”的低呼声。那是像在笑，又像是在发怒的、极为暧昧不明的声音。

个头矮小的丈夫新井沿着山路不停地往上爬。背在肩膀上的山椒少说也应该有五公斤吧，但丈夫新井就像走在散步道上一样，步调驯熟地在羊肠小道上一直朝前走。

我背着北江放在汽车行李厢里的背包，追随着丈夫新井的后背拼命地朝前赶。因为体重一下子增加了不少，感觉自己就像从水面探出头来的鱼一样，嘴巴一张一合地好几次都特别渴望氧气。

每往前迈出一步，运动鞋的鞋底就朝柔软的泥土里陷进去一次。越往山里面走，就越能感觉到氧气在变得越来越浓。我明白那是树木、泥土以及想要回到泥土的万物正在呼吸着。

就在我被虫子的鸣叫声所吸引的时候，走在我前面的丈夫新井突然像动物一样探头探脑起来，像是感觉到了什么似的，飞快地钻过树与树之间狭窄的缝隙登上了斜坡。我也尽量跟了上去，只见地面变平坦的地方有个很大的岩石场。其中的一角有水流淌而出。

“这是山泉水吧。”

我气息奄奄地说。

“知道的可真多啊。”

因为老家在只有山的地方。丈夫新井用铃铛般的声音如此回答之后，开始环顾四周，并将背在肩上的旅行包轻轻地放在地上。

这儿，怎么样?

被这么一问，我也赶紧慌忙环顾了一下周围。岩石场可以藏身，视野也比其他地方开阔，看起来好像很安全。但若是考虑到其他动物，我觉得反倒是很危险。

很好呀，不是吗。我惶恐地说。反正也没有安全的地方。丈夫新井也微微点头，回答道那就定下在这儿。之后或许为了关照浑身是汗的我吧，丈夫新井提议说这儿视野非常好，稍微坐下来休息会儿。

北江那只沉重而麻烦的背包里，令人惊讶地塞满了各种各样的东西：猫粮、罐头、盘子、山椒爱用的毛毯、玩具、塑料瓶装水、可折叠的尼龙材质的猫窝。

“这些全部摊开来的话，马上就会被其他动物发现的啊。”

和我脑子里所想的完全一模一样的话，从正朝着一个大小合适的岩石弯身坐下的丈夫新井嘴里说了出来。

“北江是把这当成郊游了吧。”

“那个，您和北江结婚，已经多久了呢？”

我一方面心想着突然这样问是不是有失教养，但另一方面又希望能尽可能不要去想旅行包中的山椒，因此改变了话题。

“结婚多久？嗯。到今年马上快四十五年了吧。”

“很年轻的时候就已经结婚了啊。”

“是呢。我二十五，北江大概二十二？差不多那个年龄吧。虽然我当时想过再稍许晚一点不是挺好么，可是北江呢，一旦想到了就绝对不会改变的。”

“你们两位可是完全不像呢。”

我这么一说，丈夫新井便笑了。即使没有出声，但眼睛深处在笑。对这个人很难隐瞒什么啊——这样的念头在我的大脑一角瞬息而过。

“我呀，以前看到过你和你的丈夫在一起的时候呢。”

“呃？真的吗？”

“嗯。可是，那个时候，你给人的感觉稍许有一些不一样呢。”

“体重增加了七公斤呢。”

我难为情地坦白道。丈夫新井一动不动地定睛看着我，然后低声道：“嗯。或许也有这个原因。但那时候的你，还是要更多一份端正的人样子吧。”

人样子。为了不让丈夫新井察觉到我被这句意想不到的话吓得心里扑通一跳，我笑着反问道：

“现在，没有人样子了吗？”

如此说来，丈夫新井是干什么的呢？

“啊，才第一次见面，就说这么奇怪的话，对不起啊。并没什么，只是正好想到而已，不要放在心上。”

“不，关于这件事，其实我也稍许能猜想得到。”

“啊！这样呀。”

是吗，是吗。丈夫新井好几次浅浅地点头，再一次目不转睛地盯着我。我无法回看他，只好像躲避野生动物一般将目光停留在泉水的周围。

“从北江那儿听到过变得一模一样的夫妇的故事吧。那个呀，实际上是那位太太来跟我商量，我便建议她放些石头试试看。你和你的丈夫之间，或许也夹进一些什么才好呢。”

丈夫新井说完这些之后，站起身来道差不多该走了。看着他走了那么多路却一点也没弄脏的白衬衫，我也慌忙站起身来。

一看到返回来的我们，北江就从车中飞奔出来。

“新井，都到什么地方去了？山椒是不是找了个安全的地方放走了？没有被熊袭击吧？”

北江的眼睛周围红红的，已经肿了起来。

“嗯，那个，在一个挺安全的地方放走的，放心吧。”

丈夫新井用慢悠悠的口气这么回答道，好像掸去尘埃一样，在北江的肩膀上嘭嘭地拍了拍。

“真的吗？三三，真的是个挺安全的地方？”

嗯。我边将背包从肩膀上取下来，边点了点头。有可以躲藏的地方，意外地看起来很舒适呢。我虽然这么回答，但实际上，我其实并没有直接看到丈夫新井将山椒从旅行包里放出来，而是在稍许有些距离的地方等待着，踩着树根，盘算着该如何逃脱责任之类的事。

坐上车之后，北江一直表情沉重，靠在丈夫新井的肩膀上。擤鼻涕的声音以及丈夫新井叽叽咕咕地时断时续在小声说着什么的声音，虽然都传到了紧握方向盘的我的耳朵边，但无法听清楚到底在说些什么。

我也找不出安慰的话，只是一门心思地遵循着导航沿着曲折的山路向下开。在终于开到了出现二十四小时便利店的公路上，正等待着信号灯变绿时，“好像是，肚子空空如也了呢。”丈夫新井用像是朝着蓝天自言自语的口气独自嘟哝道。

“北江，肚子不饿吗？”

饿了。额头抵在丈夫新井的肩膀上纹丝不动的北江也嘶哑着嗓子表示同意。那之后，我们无意中在那一带找到了一家装饰着木芥子[1]的店。三个人都同时要了店里的招牌菜“内脏煮”。北江一次也没有提及山椒的名字，只是用一副忍耐住想去厕所的紧迫的表情咀嚼着煮内脏。

“今天不想再吃油炸东西了。”

在丈夫和自己之间，到底夹入些什么好呢。我抓不着要领，刚一到家就开口道。

已经给锅点上了火，在炉子前准备停当的丈夫像往常一样手里拿着长筷子，慢悠悠地反问道：“哎呀，为什么？”

“吃了后，脑子变得呆呆的。”

“呆呆的，不挺好吗？”

“脑子一变呆，重要的话就说不出来了。”

丈夫将长筷子的筷尖伸进已经搅拌好鸡蛋和小麦粉的盆子里蘸了蘸，然后在油锅上“唰——唰——”将长筷子

① 一种源自日本东北地区的人偶。

甩了甩。

“都到了家里，重要的话什么的，不说不是挺好嘛。”

早就听惯了的语调。

“那么，家里人什么时候才说重要的话呢？”

我当即问道。今天必须面对面。在还没有失去人样子之前，必须好好质问清楚。

可是我越是焦虑丈夫就越是一副懒洋洋的态度。“可是呀，三三。”丈夫边调节着火候边继续说道，“说什么‘重要的话、重要的话’，可是，那真是重要的话吗？三三只是想说重要的话，可是重要的话不是并没有嘛。”

给丈夫这么一说，我顿时便失去了自信。眼看就要被丈夫说服的我，吃力地振作起来。“孩子的事呢？”我继续问道。

“老是被搁置起来，从此再也没有下文。你是想怎样呢？”

“三三想怎样呢？”

被丈夫一反击，我顿时语塞了。

“你看嘛，三三。三三说是有话想跟我说什么的，但实际上并没有不是嘛。”

“你前妻的事呢？”

我勉强还嘴道。可话刚出口，自己就马上意识到并非特意想说这种话。

丈夫一边将摆放在砧板上的蘘荷扔了一个到锅里，一边说道：“三三也和我一样啦。明明实际上什么也不想思考。既然这样就不用装出一副思考的样子什么的，不是挺好嘛。”

“我也好，三三也好，都不想面对重要的事啊。所以我呢，跟三三在一起很放松。”

不是那样的。我想要如此这般反驳，可是发不出声音。

“如果不是这样，这样的生活，也没理由可以持续四年吧。”

那一瞬间，我不由得感觉后背凉飕飕地翻腾着阵阵寒气。这样的生活。丈夫到底想说些什么呢？

这四年中，三三说过一次自己想出门去工作吗，有吗？

丈夫注视着炸锅里起着沫子的油，用黏糊糊的声音继续道，并朝油锅里放进了一个鹌鹑蛋。

知道我有房子的时候，三三是怎么想的？

又朝油锅里放进了一个鹌鹑蛋。

我呀，从一开始就知道，三三不管在这儿遇到什么也是不会离开的。

那声音，不是丈夫的声音。可是我已经想不起丈夫的声音是怎样的了。

三三其实全都很清楚吧。为什么自己会跟我结婚，为什么我又会跟三三结婚。

天哪，我感觉全身汗毛悚然倒竖起来。

就在那一瞬间，我还没来得及放声尖叫的嘴里，突然被塞入了一个滚烫的东西。

“刚炸出来的是最好吃的。”

好烫。像是要被烧伤一般的烫。现在必须赶快吐出来。可我越是焦急就越是嘀呼嘀呼地吹气，舌头反而越是开始品味起炸货来。时令蘘荷的香味，在口中袅袅升起。

没关系，没关系。慢慢会越来越好吃的。

丈夫朝这边转过脸道。

许久不曾正面看过的那张脸，正好是我和丈夫各自的一半，是被正好混合搅和在一起变成的一张脸。我是应该哭呢，还是应该笑呢？不知道。

丈夫将蘘荷和鹌鹑蛋一个接一个地塞进了我的嘴里。可怕。但是，好吃。在嘴巴嘀呼嘀呼的持续嚅动中，味道开始一点点地发生变化，变成了非常熟悉的味道。

你以为，只有你自己在让我吃掉吧。

宛如盘成了团一般将身体扭曲着的丈夫淡淡地笑了。啊。身子好像要被剥光了！但已经来不及了。

很痛苦。但厌恶的感觉一点点在变淡，当我意识到时，发现自己正边流着泪边大口大口地吃着那熟悉的东西。说着“好吃呀很好吃”并盘绕成一团，着迷地不断品味着那极为熟悉的味道。

那之后曾经有过一次，在公寓的出入口偶尔遇见了丈夫新井。

似乎是去公寓邮箱取邮件的丈夫新井，一见到我和丈夫便马上站住了，脱口道："哎呀！"

好久不见。

我微微地低下头说。丈夫新井用并不惊讶的口吻道："是嘛！成这样子了。"边说边来回打量着我们。

"还是选择了中间不夹东西啊。"

是的。不知怎地，觉得就这样也挺好。

"就是说，并不觉得有什么讨厌的是吧。"

我觉得，没什么要讨厌的。

"是嘛。是嘛。"

丈夫新井再一次点了点头，然后抬头看着正满脸惊讶地听着我们对话的丈夫。

"唉，这世上相似的夫妇不计其数啊。是啊。也许就这样也挺好呢。”

留下这句话之后，丈夫新井便朝着E栋的方向大步流星地走了。

我虽然很想问一问，我们看起来是怎样的姿态了呢？结果只是沉默地目送着他的背影。后来，据说北江他们又回到了旧金山。

进入十月，不合时宜的台风接连不断地登陆。说是九月份几乎没有出现的台风，都往后推迟了。

丈夫变得越来越像我了。医生给开了诊断书，因此拿到了有薪假期。丈夫将高球酒和沙发还有电视都让给了我，而自己则高高兴兴地努力做家务。

那天，预报说今年最大型台风即将登陆。气压一下降就开始偏头痛的我，因为头痛从早上开始就心情特别恶劣。为了遮掩过去，我比平时更早些开始喝酒，结果反而对自己的懒散更加生气起来。

“今天，顺道去了商店街呢。”

晚饭后，丈夫跟我搭话。嗯，嗯。我坐在沙发上含含糊糊地回应。今天也饱吃饱喝肚子里塞满了炸货，再加上头痛药，脑子比平时更加恍恍惚惚。我看着那个兴高采烈正在折叠衣服的后背，心想丈夫终于买东西买到商店街去了。

“肉店突然休息。据说是上星期店主倒下了。是蔬菜店的老板告诉我的。”

哦？我随口附和道。这件事的话，前天中午他也刚告诉过我。

“然后呢，常去的那家洗衣店啊，据说最近要换老板了。”

啊，这个也知道。注意到我手中的玻璃杯空了，丈夫“唰”地站起来，又给我端来了一杯。多么机灵的老婆呀。

一直温顺地等待着我将新的一杯高球酒送到嘴边之后，“然后呢，”丈夫才继续说道，“从下个月开始佐罗咪的饵食据说要涨价了。涨了六十日元。”

丈夫满面自得地说道。可这是我昨天告诉他的。看着重新坐到一堆衣物前的丈夫，我不怀好意地想：露出破绽了吧。

“不是六十日元，是八十日元。”

刚一纠正，丈夫就像什么事也没有的样子，再次从头开始，装模作样地重说了一遍：“从下个月开始佐罗咪的饵食据说要涨价了。涨了八十日元。”厚颜无耻，我想。

“主妇的事情呢，只有主妇才能明白的哦。”

我咕嘟地喝了一大口酒，说道。

可是，丈夫假装没有听到。摊开大浴巾，若无其事地对齐着四个角。厚颜无耻，我又一次想。

“你呢，是不会明白的，主妇的事情之类。”

稍一留神，发觉我说得有些大声。直接坐在木地板上的丈夫即便如此依旧双手不停地、拼命地继续折叠着衣服。

——这样牢牢地黏着我，毫无意义哦。

我冲着丈夫的后背说道。

——这样子呢，心中的痛苦也只是稍微淡那么一点点而已哦。就靠这些想消除诱惑什么的是不可能的哦。我看，你就输给那诱惑不是挺好嘛，对，我是这么想的。不要勉强，没有了人样子不是也挺好嘛。

我放任着酒醉与头痛，将真实的想法全部倒了出来。就像至今为止不得不吃下去的那些炸货，接连不断的许多话就像从体内被呕吐了出来一样。

——说这种话，是打算骗你的丈夫么？

一直背对着我的丈夫，突然从脖颈周围发出至今从未听到过的嘎咕嘎吱的尖锐声音。我震惊得无言以答。

——知道了哟。你对我感到厌烦了，所以打算抛弃我了哟。

或许是想要模仿我吧。措辞奇特的丈夫说话时哆哆嗦嗦的，后背开始颤抖起来。就在这同时，丈夫的后脑部也奇妙地动了起来。如同看快镜头画面一般，短头发弯弯曲曲地伸长出来，就像往前爬行的尺蠖一样，蠕动的发梢模仿着我的头发，朝着肩膀附近一齐生长。

你想做老婆想成这样吗？目睹着丈夫的固执，我站起身来，从厨房里拿回来一把剪刀，一边将自己的头发放到刀刃下一边说道：

——不要变成我，你给我变成更好点的东西！

这句话起了作用，丈夫一直折叠着衣服的手首次停了下来。耳朵像是别的生物一般哆嗦着，我冲着那对耳朵尖锐地命令道：

——你现在就给我变成山里的生物！

于是，丈夫的身体就像失去了形状一般更加激烈地震动起来。轮廓模糊，后背开始成倍地膨胀、成倍地收缩。可是即使这样，脸依旧不愿意朝着我这边。这令我恐惧起来，好吧，干脆直说了，我气急败坏地大叫：

——你不必再是丈夫的样子了，给我变成你喜欢的样子！

那一瞬间，松松软软形状不定的丈夫的身体“啪”的一声发出裂开的声音。然后，变成无数的、小小的块状物，落在地板上。

我关掉一直开着的电视从沙发上站起来，朝着那些小块落下的衣物的周围悄悄地探头一看，不由得“啊!啊! ”地惊呼起来。

在堆积起来的大浴巾的后面，正开放着一轮山芍药。

是一轮和丈夫似像非像的、开放着宛若透明的白色花瓣的山芍药。

那个人，居然想变成这么可爱的东西啊。面对如此楚楚动人的姿态，我瞪大了眼睛。

就像是证明那就是丈夫的唯一证据一般，山芍药从丈夫的裤衩中伸出了笔直的茎。

夫妇真是不可思议的生物。如此接近，每天同居共寝，却一点也不知道，他居然想变成一轮山芍药。

天亮之后，我将山芍药送回到了山中。

是在放走山椒的岩石场附近，面向阳光的一处安静位置。又想到或许一个人会寂寞吧，于是将山芍药与开放在附近的、紫色的龙胆也友好地并排种在了一起。

回到家之后，我做一人份的早餐、洗一人份的碗、洗一人份的衣服、烧一人份的水，然后上床睡觉。

闭上眼睛时，已经轮廓模糊的自己的身体，开始轻飘飘地回到从前。呃！我惊讶地想。我自己还有只属于自己的身体吗？触摸着依旧有些轻飘飘的身体，我好生感叹。

第二年的晚春，我去见变成了山芍药的丈夫。

丈夫生气勃勃地自豪地绽放着如纸罩蜡灯般可爱的白花。有一瞬间，我被那美丽得令人流泪的姿态给迷住了。种在旁边的龙胆也毫不示弱地凛然开放着。

我尽情盘桓了一段时间。在站起身来准备告别时，注意到有两朵长得极为相似的花，分不清哪一朵是丈夫。在凝神之间我开始感觉到一丝寒意，逃也似的离开了岩石场，再也不回头地下了山。

“狗　们”

那个山中小屋里有许多狗。

我爱狗们，狗们也爱我。狗们有好几十条。而且不管哪条狗，都像刚刚飘落的雪花一样雪白。

我在有暖炉的屋子里，不跟任何人见面，暖洋洋地生活着。我讨厌睡在床上。睡觉的时候，总是小小地蹲伏在地板上，而狗们则像毛毯一般紧贴在我的周围。品味着被围埋在狗们中间时心荡神迷的心境，眺望着窗外在迷迷糊糊之中坠入睡眠，才是我所喜欢的。

那一年的冬天，我接受了一项工作，开始在山中小屋里闭门不出。我不熟练地开着车，行驶在被雪埋压着的没有人迹的山中小道上。好不容易到达的目的地，就如同所听说的那样，有一间简素的、小小的山中小屋。整个建筑物之中，只有天花板很高的起居室和小小的寝室以及阁楼。阁楼便成了我的工作室。

从早到晚我都在书桌前盯视着放大镜，使用镊子朝画布上张贴数量庞大的、细小的色彩剪纸。制作最近的人气剪纸作家的复制作品，就是我接受的工作。在一般人看来，大概会是头晕目眩得心生厌腻的工作吧。可是对于在平时就可以一整天不用跟人说话也能泰然度过的我而言，不如说是恰到好处的工作。拥有这座山间小屋的主人，也正是这么想的，所以才将这项工作转交给了我。

“地窖怎么样？有什么不方便的地方没？”

刚到山间小屋的晚上，他打来了电话。

他是我所邂逅的极少的人当中，唯一一位说话不必顾虑、从学生时代就开始交往的友人。听到他的声音，我就会如同系得很紧的头巾结扣变得松缓了一样，能够有些稍许的放松。听着他说话的方式，我总是想象着涂满了油的煮鸡蛋从嘴里嗖地跳出来的样子。听着干脆利落的措词以及强有力的声音，我总是差点忘记他和自己一样讨厌跟人打交道。只是和我不一样，他拥有能够对周围始终隐瞒其实自己很讨厌跟人打交道的智慧。而且，他有家庭。

“虽然有，但比‘方便’要好得多。”

听到我这么回答，他告诉我道：

“需要的东西在山脚下的小镇上都可以买得到。觉得麻烦的话汇总起来一起采购就好。”

他出生在那个一到冬天就被大雪覆盖的小镇，但是从还是孩子的时候搬走以来，就再也没有返回过小镇。可是数年前，一直不曾见面的祖父去世，没人要且又远离城镇的祖父的山间小屋便由他继承了。听说这件事之后，我拜托他说希望能让我在那儿住一住。

“祖父养狗的吗？”

我本想这么问，但放弃了。因为他不可能知道的。

第二天，我在暖炉前让白色的狗们排队站好。我想给它们取上名字。如果有喜欢的名字就自己开口叫一声哦，我说。然后我拿起手工做的名牌，看着它们的眼睛开始一个名字一个名字地宣读。

“首先，‘清晨’。”

哈、哈、哈、哈。

“‘电器产品送达日’。”

哈、哈、哈、哈。

“‘烟熏肉’。”

哈、哈、哈……汪！

我将写着“烟熏肉”的名牌挂在它的脖子上。发出叫声的狗恭恭敬敬地伸出了舌头。

“‘世界’。”

哈、哈、哈、哈。

“‘带回家’。”

汪！汪汪！

结果，因为老是没个完最后还是打住了。狗们也不会喊我的名字。只是注视着狗们如同涂了釉一般闪动着光泽的黑眼睛就足够了。我知道的。我慢慢能够分辨得出它们的吧。不，我想连分辨也都不需要。

不知不觉地，狗们和我一起出去散步成了每天的日课。但是我没有看到过它们拉屎撒尿。它们也不想要饵食。因为可以自由出入山间小屋，说不定在我看不到的地方如厕、获取食物。例如，说不定集体捕获鸟儿之类的小动物。曾经有一次在散步途中，我拾到过类似小鸟头骨的东西。我将那个头盖骨悄悄藏在大衣口袋里，一回到山间小屋，就“哇”的一声朝伸腿伏卧着的狗们扔了过去。狗们几乎毫无反应，但我直觉到，那是因为它们对吃鸟这件事被我知道而深感羞耻。它们也一定不想给我看到它们排泄以及对某样东西的贪婪。真是非常优雅的狗们。

不过它们只有在喝水的时候，会在我面前坦然自若地喝下许多。只是，那也仅限于从井里汲来的凉水。即使身体发凉给它们暖和的牛奶，它们也决不碰一口。狗们喝过像冰一样的凉水后，看起来更加白得通透。

到达山间小屋三天后，我因为采购前往山脚下的小镇。

副食品和燃料等，为了尽量能塞进多少就塞多少，我在车库将堆在车上的物品先拿下来，这时烟熏肉爬上了车，于是让它就这么坐在副驾驶席上出发了。

从他那儿听说的是这儿什么也没有，只是个乡间小镇。但是在车开了一段时间后，我察觉到整个小镇的空气似乎哪儿绷得很紧。镇子里不管是谁好像都在畏怯着什么，看起来很紧张。在超市的入口前，有五六个男人在分发传单。他们穿着同样的上衣，腰间携带着类似警棍一样的东西。说不定是自卫团。

从旁边走过时，和一个微胖的男人目光相遇。大概马上就察觉到我是不熟悉的外乡人吧，带着稀罕的表情走近的男人递过来一张手里拿着的传单。

“千万要小心狗啊。”

狗？感受到他们戒备森严的空气，脑子里首先浮现出来的是“野狗”这个词。

“狗有什么问题吗？”

我不由得站住，这样问道。和谁积极地站着说话之类，在平时真无法想象。看得出微胖的男人对我细小的声音有过一瞬的困惑，但还是指着传单说：“看到的话希望马上告诉我们。最下面写着联系地址。”

告诉了你们又会怎样呢？当我还想继续询问的时候，注意到他的腰间携带的东西不是警棍，而是枪。我不由得屏住了呼吸。察觉到我的目光，男人道：“呵呵。这个呀。”擦了擦枪身，然后忠告道：“你也不知道会发生什么，还是准备着护身用的好。”

男人似乎还想问各种问题的样子，我将传单塞进口袋里，逃进了超市。我担心留在车内的烟熏肉，透过玻璃窗朝着停车场的方向确认了好几次。采购完了之后刚走出店门，就瞥见刚才的男人一直盯着这边，正与身边一个高个子男人耳语。我感觉到心跳加速，匆匆忙忙坐进车中。副驾驶席上正团成一团在睡觉的烟熏肉看到我高兴地正要直起身来，我慌忙放下采购的大包小包，将烟熏肉赶到了副驾驶席下面。

回到山间小屋，将一直放在口袋里的传单浏览了一遍。那上面写着这个小镇又出现了失踪者。年轻男子和老人，而且还有女子，个个毫无前兆就消失了。这究竟有些什么渊源我也不明白。但是那张传单最后用一句话总结说：如果看到了狗，一定得通报。

我不由得低头看了看团团绕我而坐的惬意舒展的狗们。它们那洁白的毛色，怎么也无法认为是野狗。

第二天，对工作厌倦了的我悄悄地尾随在前往山谷深处的狗们的身后。我在工作间里闭门不出的时候，它们出门去哪儿呢？我一直都在意这件事。

戴上墨镜，披上披风的我追寻着狗们留下的足印，享受着午后的散步。拾起大小正合手的树枝，在发光的雪地上画着弯弯曲曲的细线条，发现新的树枝时，就替换上一根。

狗们的足印有如行进的军队一般延伸着。一定是像牧羊犬一般，通过统帅的调度联手协作追赶猎物吧。我想象着还不曾看到过的它们的狩猎身姿，心情非常激动。

无意中回过头去，看到烟熏肉从隆起的雪地的那边露出脸来。眼睛瞪得圆圆的，只露出鼻子以上的部分。是什么时候跟在后面的呢？我向它挥舞着已经是第五根、变得像弹簧一样弯曲的树枝。“我来了。”我抬起墨镜说，“大家都在那边吗？我可以打扰吗？”

烟熏肉立起身来，叫了一声，掉转头消失在山谷深处。或许不应该来。打破了与它们的约定的那种窘迫感让我有一瞬间想：就这样回去算了吧。但结果还是拨开堆积到膝盖的积雪，走进了茂密的树林中。

狗们在冻结的湖面上。在这样的地方居然还有湖泊，我对如此突如其来的开阔视野感到无比惊异，在树干中隐藏了起来。狗们看上去十分驯熟的样子，在大得可以同时打几场棒球赛的湖面上摇摇晃晃地行走，就像是用冰做成的宽阔的遛狗场一样。

狗们空开间距朝各个方向分布开来。和它们的足印一样，纹丝不乱地画出好几层漂亮的圆。很想知道它们在干什么，但水边的冰太薄，无法接近。没办法只好眯起眼睛细看，正看到狗们开始在冰上各自跳跃起来。最初是小幅度的跳跃，慢慢地高度达到了它们的身高。它们似乎是想在冰面上开洞。以挖土的动作时而活动着前腿，在冰面上留下抓痕。不久其中一条好像完成了打洞，没有丝毫踌躇便跳入了水中。在瞠目结舌的我面前，其他的狗们也同样打完了洞，接连不断地在湖面消失了。当最后一条也潜入水中之后，四下里便再也看不到它们的身姿。似乎什么也不曾发生过一般，湖畔重归于平静。

我担心起来。也许狗们已经不会再回来了。

就在这时，一条狗从冰洞中伸出头来，用鸟一般尖锐的声音叫着。从别的冰洞里也开始出现狗的头，同样地也发出鸟般的叫声。狗们从分散的冰的裂缝之间一个个地伸出脸来，重复不断地叫着。我一动不动地观察，终于慢慢地开始理解到底发生了什么。它们在水中边游边集体画着巨大的圆。然后，这个圆在此起彼伏的叫声中，在一点点地向中央收拢。我紧紧盯着那个圆，绕着湖畔四处走，终于找到了一个冰面较厚的地方，小心翼翼地踏上脚去，用滑雪手套像刮水器一般来回摩擦着脚底。在磨去了结霜层的冰面之后，俯下身来撑着双手说不定就可以窥视水底了。可是，从冰面看去，只能看到灰色的泥，我沮丧起来，决定先行一步返回山间小屋。一边走着，脑子里一边不断浮现出狗们在透明的水中优雅捕鱼的身姿。

“好吗？”他说，“有没有孤独疲劳？”

没有，我回答。然后问，你有没有社交疲劳呢？肯定有啊，他当即答道。

和他之间一直定期通电话。

当他问到在这样的深山里打算待到什么时候时，我说我不想考虑这件事，拜托他以后不要再问了。报告了工作的进展状态，确认了交货期之后，我想起山脚下发生的事，开口问道：

“知道是怎么回事吗？这个镇上的人为什么那么拼命地搜寻狗呢？”

他“嗯”了一声，陷入沉默。从童年以后，他一次也没有再回到过这里，所以和我一样，也许什么都不知道吧。这么想着正准备结束话题的时候，听到了他低声的嘟哝：

“记得好像听说过，过去镇子上有过人群大量失踪的事。”

“真的吗？”

“记得不是很清楚，那时候我还小，以为那是为了恐吓孩子而捏造的事。”

“跟狗有关系吗？”

“说不定有。这么说的话，我还在的时候，镇上养狗的人可是一个也没有呢。曾经恳求过母亲说想养一次狗，但被母亲训斥了说绝对不可以。也没有告诉是什么理由。”

这么一说，我也想起在镇子上闲逛时，甚至连一条狗也都不曾看到过。

“狗将人拐走了吗？”

仿佛对我这句话有了反应一般，在我脚边一直很放松的烟熏肉忽然竖起了右耳。

“怎么可能。”

他对此快活地付之一笑，我松了口气。烟熏肉耷拉下耳朵，又开始发出呼呼的鼾声。

接下来，在漫无边际的交谈中，我喝光了两杯可可。他说因为遗产继承手续，圣诞节的时候会跟家人一起返回这里，所以我们顺便约定了见面。他问我看了天气预报吗，我答这儿没有现代文明。周末开始好像会有猛烈的寒流来袭，希望不要死掉了哦，他笑着说道，然后挂上了电话。

如预报所言，周末时寒流来了。是一个如同我在孩子的时候经常梦到的、这个世界所有的一切都冻结成冰的早晨。放在橱柜里的麦片吃起来就像冻结的冰雹一样坚硬。冰柱从屋檐伸出来的光景，令人感觉似乎一夜之间已经飞越了几千年。

我将所有的衣服都穿在了身上，拿起铁锹和空桶，跟狗们一起朝车库走去。狗们轻快地在我的周围跳跃着，像是在催促着一般缠绕在我的脚边。在花费了比平时多出好几倍的时间终于走到车库时，我已经全身发热，就像在桑拿房一样开始冒汗。

我首先确认了发电机电池的灯已经变成绿色，然后查看柴火和汽油还剩下多少，又从铲雪工具中抽出几件看起来似乎有用的。红色的雪橇。煤铲。非常时期的备用巧克力。缆绳。将满是灰尘的旧毛巾抱在腋下，最后朝后面的那口井探头一看，神圣的冷气就像孩子的手一般湿湿黏黏地缠绕着脸颊。

“怎么办？”我问身后的狗们，“这样子的话，无法汲取你们最爱的井水了呢。”

烟熏肉抬起足爪咯吱咯吱地戳着想攀上井口边缘。“喂！”我呵斥了一声，返回了正房。之后想到至少得对滑轮部分的冻结想点办法，于是再次去到车库，找出了凿子和锤子。

我像铁匠一样抡起锤子在滑轮附近拼命地敲打，原本一动不动的缆绳开始一点点松动起来。当我用双手将缆绳向下拉的瞬间，表面张结着的一层薄薄的冰膜一举剥落，滑轮顺势飞快地转动起来。

“瞧！”我得意地正要回头，却感觉有什么东西从我身边钻了过去。

仅仅只是晚了那么一瞬间回过头来，烟熏肉已经一脸正经地朝着捆绑在缆绳上的水桶跳了进去。

“烟熏肉！”

我慌张地朝水井探头张望，载着烟熏肉的水桶已经在眨眼之间跌入了井底。脑子一片空白的我朝着什么也没有的空中伸出手，拼命地想要抓住空气。我感觉到烟熏肉痛苦低呜的气息从井底里传来。好不容易将一起跌入井底的水桶拉上来，但里面却空空如也。只是不断听到从井底深处传来的、用爪子刨挠冰面的声音。

“快喊人来呀！”

我害怕起来，朝着身后的狗们大叫。耳边传来了许多条狗在雪地中奔跑的声音。我朝着水井探出身体，拼命地伸出手，不断地喊着“烟熏肉”，但根本无济于事。意识到这一点时，我顿时精疲力竭地瘫坐在了井边。本来还能听到的烟熏肉的微弱叫声也停住了，爪子刨挠冰面的声音也听不到了。

“有动物跳入井底的时候怎么办才好呢？”我问道。

或是因暴风雪的影响，跟他接通电话已经临近深夜了。“动物跳到井里？”他带着睡意问道。我裹在从车库找来的毯子里，只说了一句“是啊”。白色的狗们如同看家狗一般，围拢在我身边。

“这么一说，还是孩子的时候，有黄鼠狼淹死过哪。”他用一种追溯回忆的口气说道。

“在冬天？”

“在夏天。”

“那时候怎么处理的？”

“记得应该是跟山脚下的警察联系来帮忙收拾了尸

体。井里什么东西掉进去了吗？狸猫？”

“在井底所以不知道什么东西。”

我简短地回答说。是吗？他表示理解，又继续道，山上有狼四处游荡，这以后注意不要再靠近水井了。

“这次圣诞节去镇上的时候会叫人收拾的。”

放下听筒，才想起一整天什么都没有吃。振作起精神做好饭，只吃了一口便再也无法下咽了。想要睡下便去有缝隙风直刮进来的起居室确认窗子是否锁好时，听到什么地方传来隐隐约约的狗叫声。我感觉自己像是钻入了梦境一样，迷迷糊糊地抬起了脸。是风的声音吗？我手提灯笼和铁锹带领狗们朝着水井的方向，一步一步地踏入了雪中。

在强风中摇摆着的水桶猛烈地撞击着滑轮。我停住脚步，将灯笼举过头顶。“烟熏肉？”我小声唤道，“烟熏肉？”

凝神细听，感觉现在似乎也能听到隐隐约约的狗叫声。

“烟熏肉，还活着吗？”

我再一次大声呼喊道。

这一次清晰地听到了狗的叫声。我抓住井的边缘，探身窥视着白天像逃跑般离开后就再也不曾回头的井底深处。尽力地伸出灯笼朝着井底一照，果然模模糊糊地看到轻巧地站立在冰面上的烟熏肉的身影！我留下数条狗独自返回山间小屋，拿起在车库找到的链锯，拼命发动了引擎。在木屑沾满一地时终于切断了通延至阁楼的梯子，并将梯子搬到运送柴火用的红色雪橇上。在狗们的帮助下好不容易运到了井边，小心翼翼地将那张梯子一点点放落到井底，呼唤道：“烟熏肉，快抓住。”

可是烟熏肉伸出舌头只管抬头看着我，一动也不动。

冰很厚，看起来纹丝不动。我用梯子的一端反复确认了立足处的强度之后，横下心来用缆绳将自己的身体与水井的木框捆绑在一起，然后跨越井口边缘，消耗着时间一点点地移动，终于将整个身体搭载到了梯子上。当我踏上结冰层，抱起烟熏肉的那一瞬间，只听到“喀嚓”一声，很轻微的有什么在裂开来的声音。我感觉身体里所有的血似乎都在朝体外流散，将失魂散魄、早已冻僵了的一团毛疙瘩飞快地藏入滑雪服的上衣里。井底黑暗寒冷得令我分不清自己在干些什么。

当我抬起脸准备回到地面时，与团团围住井边，一直低头看着我的狗们的目光相遇。

面对大吃一惊的我，中间有一条狗嘟嘟哝哝地张动着嘴，听起来好像在说："合格呀！"

在鼓鼓囊囊的滑雪服中一直老老实实的烟熏肉微微地动了一动。"确实。"烟熏肉清晰地回答说，"确实。合格呀！"

工作比预定时间晚了许多。为了赶上交货期，必须竭尽全力。我放弃了和狗们的散步，起床后的时间几乎全都在工作台前度过。按设计图案所指定的那样，从几十种类型的彩纸中，一片一片地用镊子勤勤恳恳地贴上去，不久，如同色彩的洪水一般鲜艳的模样便一点点地呈现出来。虽说是复制，但每一件都要花费手工，因此似乎接连不断地总在收到订单。不过，那最初始时一片空白的画布，倒是我真正一直想要看到的。

为了缓解因连日工作所带来的僵硬身体的酸痛，时隔数日舒展地泡在浴缸里的我突然留意到他的电话联系中断了。确认厨房的台历，不由得大吃一惊。不知不觉已经到了十二月底了。与他约定见面的圣诞节也早已过去了好几天。

他和家人应该早就到了镇上。

我从衣帽架上取下滑雪衫向车库走去。狗们也想一起坐进车里。我说去镇子里看看就回来，但它们不接受。想一起去吗？汪汪！可是坐不下那么多呀。汪汪汪！狗们的眼睛闪烁着黄光，龇咧出牙齿不断地咆哮着。

结果，烟熏肉坐上了副驾驶席，坐不下的狗们则寸步不离地奔跑着跟随在车后。

镇子里，毫无有人的迹象。

广场也好，超市也好，加油站也好，不管哪儿都找不到人的身影。道路边停着好几辆没有人的车。布置着圣诞装饰的、大门一直敞开着的家家户户也一样毫无声息。

我无奈只好下车，带领着狗们在被大雪覆盖的镇子里四处走动。自卫团派发的传单有好几张被淋湿了掉落在地面上。追溯着记忆，终于找到了他告诉过我的门牌号码，看到了玄关前装饰着圣诞树的家。门锁是开着的，战战兢兢地走进室内，只见准备好用餐的餐桌上已经开始堆积起一层薄薄的灰尘。

慎重起见，我将家中的每一个角落都查看了一遍，依旧没有找到一个人。在二楼像是客房的房间壁橱里，挂着一件看起来眼熟的大衣。寝室的地板上，扔着一支塞满了实弹的猎枪。

拾起应该是他的孩子收到的圣诞礼物，我低头看着身边的烟熏肉。

“以前，我曾经向圣诞老人许过一个愿。早上起来除了自己之外，没有其他任何人的世界。”

我横穿过用红色喷雾潦草地大写着一个“犬”字的马

路，钻进了车里。白色的狗们，寸步不离地奔跑着跟随在车后。

除夕那天，我和平时一样瞅着放大镜在阁楼里工作，工作结束后，和狗们去雪山散步。

结果，他没有来山间小屋。也没有电话联系。

我一如既往地度过每一天。眺望在冰层下优雅地游泳的白色狗们，即使几个小时也看不厌。食品没有了就下山去镇子里，在无人的店铺里拿取想要的东西。狗们，不管时间过去多么久，都像刚刚飘落的雪花一样洁白。

有一天，在阁楼眺望着它们在雪地里来回戏耍的我忽然搁下镊子，将从他家带回来的猎枪抓在了手中。从窗户探出身子瞄准好方向，狗们顿时身体变得僵硬地抬头看着我，宛如要与闪耀的雪同化一般一齐朝着山中四处分散。

我卸下已经架好了的猎枪。“对不起。”我从窗口朝外大声喊道，“一点点，只是想看那么一点点其他的颜色。”

在雪花静静堆积的夜晚，我和狗们依偎在一起入睡。

我的皮肤开始生出一层薄薄的白毛。

多摩子的年轮蛋糕

将炉子调到小火的多摩子，突然理解了这个世界是在中途被消除的智力竞赛节目这件事。

不明白为什么会在这个时候。或许，实际上也许是在很早以前就已经知道了的事。在自己还没有诞生以前开始，在荒野的中心就一直在解答难题。被戴上小丑的帽子，没完没了地不断按着手边的按钮。主持人已死，制作者已去，在没有一个观众的大地的裂缝前，只有出题的机器在持续运转。这是在一个近来粗暴的冬天情绪少见地好转、宛如脸上绽放出微笑一般的祥和午后。

那个时候，多摩子正在厨房里，给平时不太允许吃甜食的孩子们悠悠地烤着在自己家中被称为“空中飞兔”的年轮蛋糕。

右手握着用铝箔自制的芯，将半熟的面糊一层一层地卷上去。多摩子带着想要寻求帮助的心情，朝坐在餐桌前的两个孩子回过头去。雷恩和里欧。多摩子的可爱宝贝。有一瞬间，脑子里掠过那儿或许是陌生的其他地方的想象，但哥哥雷恩和往常一样在餐桌上摊开绘画纸，正在不厌其烦地画着最近特别喜爱的栗子图。坐在儿童椅上的小儿子里欧正灵巧地碰触着 iPad，目不转睛地盯着游戏里的特工 P。两个人都鼓起小鼻子，脸上浮现出对年轮蛋糕的烤香满是陶醉的表情。

荒野里吹拂着的风，感触如此鲜活，多摩子好想马上就去紧紧抱住两个孩子。就是连丈夫也不曾告诉过，多摩子能够达到真正意义上的平静，只有在深深地吸到哥哥头上的气味的时候，和像握着护身符一样握紧弟弟的手指的时候。多摩子隐约意识到，在日常给家人看到的“自己”这一层面的下面，还有一层无法给任何人看到的苦闷的自己。平时是可以忘记的，但每次这种苦闷因为某种机缘而被想起时，多摩子就会悄悄溜下夫妻俩的床，禁不住地要去紧紧握住里欧的手指。雷恩和里欧一旦睡着的话，不到早晨不会醒来。因此只有避开丈夫，在孩子的房间里锁上门的时候，多摩子才能安静地应付这连自己也不明白的不安。

现在正站在厨房里的这种感觉遽然变淡起来，多摩子像是要寻找依赖一般将视线投向钉在软木板上的游戏会传单。可是，家庭的那些小小的回忆似乎将要流出到荒野里，多摩子慌忙改变视线的方向。餐台上一直这么放着的儿子的耳鼻科挂号卡。丈夫在跳蚤市场固执地无论如何都非买不可的电动眼镜清洗机。婆婆送的木雕驴子的刀叉架。看到这些，多摩子感觉这些凭家人的兴趣一点点装饰出来的房间，以及独身时代逛杂货店时自己收集的小饰物等都像是在睡着了的时候由谁准备好的、陌生的物品。与这些有关的自己与家人的重要回忆也宛如变成了被印刷在轻飘飘的海报上的照片一般。

浴室传来烘干机工作结束的声音，多摩子回过神来。稍稍犹豫之后，关掉了一直开着的炉子的火，冲着孩子们道："妈妈去叠一下衣服哦。"多摩子边通知孩子们边洗了手。还是忘记荒野的事情为好。边脱下沾有面粉的围裙，多摩子边在心里想道。对，快些做完日常杂事，忙碌地干活吧。如此一来，这种被怪念头附体的事，自然会马上变成一个笑话。

可是这个时候，照射在布艺沙发上的冬天的阳光开始扩大，让人以为有谁在调整着照明一般，多摩子心里咯噔了一下。为了强调这个家一成不变的日常，感觉似乎连阳光都被细心地准备好了。

"怎么会？"多摩子自言自语地嘟哝道，不由得笑了。

可是，却失去了想去起居室的心情。开始不知道该如何是好。多摩子屏息注视着，不放过起居室里所有的变化。没多久，应该紧紧关好了的推拉窗如同蹑手蹑脚的小偷一般动了起来，制造出数厘米宽的缝隙。已经十年未洗的蕾丝窗帘被风吹得鼓鼓地飘起，开始温柔地抚摸起沙发。自己家的起居室，看起来几乎是可以去做商品目录册的封面一般舒适，多摩子有些不知所措。总觉得起居室在诱惑自己，企图让自己陷入一个恐怖的圈套。

在无法动弹的多摩子的视线前方，本应在其他房间的爱猫乌来忽然出现，接着便纵身跳到沙发正中间占领了地盘。

“乌来？”

多摩子喊了一声，乌来抛过视线朝这边略微瞅了一眼，就扭转头去打哈欠了。这是孩子们最喜欢的乌来的得意动作。但不知为何，对今天的多摩子而言，只感觉到一种刻意。如果在那儿的，是假装乌来的陌生生物的话……沐浴着冬天的阳光，乌来的瞳仁像是用薄薄的小刀刻画出的裂缝一般细微、尖锐。

“乌来。”多摩子甜甜地喊道，猛地倒卧在起居室的布艺沙发上。微笑着抚摸乌来积蓄满阳光后变得温暖的猫毛，而内心里实际上极为忐忑不安：比平时更快的心脏的搏动，没有传递给乌来吧。而乌来在这个时候好像在窥视主人的想法一般，狐疑深邃的眼神一直望向这边。

不久，抖动着胡须的乌来唐突地从沙发上站了起来。

“小猫咪，去哪儿呢？”多摩子用慢悠悠的声音招呼道，可乌来头也不回地从门缝一下子便溜到了外面的走廊。或许是对从门前经过的邮递员的摩托声起了反应。多摩子感觉自己就像被放置的尸体一样，仰头向着天花板一动不动地等待着。十秒。二十秒。终于想起乌来总是变化无常的背影，不由得叹息了一声：自己这是在做什么呢。乌来是自己不顾丈夫的反对从熟人那儿得来的。对等同于家人一般的那孩子，居然也会有一瞬间突然感觉到可怕，还真是……

可是，察觉到乌来正从门的缝隙之间朝着这边安静地窥视时，多摩子又被恐惧惊吓到全身发抖。

“什么目的？”多摩子躺在沙发上脱口而出，“操纵乌来的家伙，是什么目的？”

似乎房间里还有另外的谁也存在一般，多摩子等待着反应。当然，没有回答的声音。只是，缝隙风将窗帘鼓起，一直都在继续抚摸着沙发的一角。多摩子对此担心得要命。

“不可以。”心里想着可真是荒唐可笑，多摩子却又像是感觉到了类似于愤怒的东西，大声道：“虽然不知道是谁，但这么干是想让我以为是我自己多心吧。”

风停了。取而代之地开始听到厨房传来水滴敲打水槽的声音。也许只是到了现在才留意到，可是水滴不断制造出令人沮丧的单调节奏。滴答、滴答、滴答、滴答。多摩子很多次听到另一个自己的声音在说自己太滑稽。多摩子的心几乎快要混乱了。

家中重返平静。

不知道什么时候连水滴的声音也听不到了。尽管太阳还没有落下，可无论是家里还是窗外，都毫无声息。刚刚不久前还曾涌现出的愤怒也被横空夺走，多摩子的心又开始摇摇晃晃地游移不定起来。环视起居室，刻意营造的应该四处洋溢着的叫做家庭温暖的东西，也已经哪儿都感觉不到了。在失去一切温度的起居室的正中央，多摩子打起了寒颤。连舒适的沙发，坐上去也感觉似乎要被拽入地狱之渊一般。多摩子注意不发出任何声响地、慢慢将身体从沙发中剥离出来。用目光追逐着应该在门那边的乌来，可是只有像滑冰场一样冷冰冰的走廊在延伸着。多摩子的心情变得就如同自己的家一瞬间被什么人给毁掉了一般。

这个时候，多摩子想起了应该坐在餐桌前的孩子们，心脏开始剧烈跳动。如此说来，为什么刚才会那么安静呢？那两个孩子是不可能老老实实的——屏息回头一看，在桌子前继续绘画的雷恩的背影飞入眼帘。在儿童椅的那边，里欧小小的脑袋正在摇摇晃晃地动着。

“——里欧？雷恩？”

多摩子松了一口气，想要走到背后探头去看雷恩正专心致志地挥动着蜡笔的绘画纸。但多摩子就此停住了脚步。她脑子里掠过孩子们被一模一样的其他某种东西替换掉的想象。总觉得雷恩在画的，是串烧着的一头猪和被其他的猪咬掉了手足的自己的样子。而里欧用 iPad 在看的，只能想到是自己结婚前对谁都保密的、看过多次的白人用棍棒打死黑人的悲惨纪实影像。

自己应该干些什么，多摩子总算是懂得了。

双脚发抖地走过餐桌，拾起放在砧板上的铝箔的芯。然后开始重新卷起年轮蛋糕的面糊。在煎鸡蛋用的平底锅里仔细地涂上黄油。就像什么也不曾发生过似的，刚一开始哼起歌，就在刚才还像陌生孩子一样的里欧和雷恩不知不觉间又重归为画着栗子画的、对特工P游戏着迷的多摩子的宝贝。多摩子只有一次差点出现慌乱。是在从高高的餐具柜取出盘子的时候，被一种想要大声叫喊出莫名其妙话语的冲动所驱使。不过，走进厕所，用自己的手指取代里欧的手指紧紧握住之后，多摩子直到最后，维持着好像什么都不知道的样子，终于将年轮蛋糕做好了。

多摩子已经不再偷偷溜出夫妻的寝室了。

因为，深夜里锁上孩子房间的锁想要摆脱不安时，里欧的手掌有时会突然鼓胀起来，圆溜溜的手指在多摩子的手中永远地不断增长。

也不再将脸埋在雷恩的头上了。头发碰到鼻子，尽情深呼吸的中途，阳光的味道和干燥的泥土香会嗖地消失。

没有比什么气味也没有的一瞬间更令多摩子感到恐怖的事了。

接下来只要稍许留意，就会惊讶地发现任何时候都是永远相同的生活。如果要说有什么变化，也只是在读书时会变得有些紧张而已。从那之后，“突然”“不知为什么”“总觉得”之类的词语每次一出现，多摩子的额头就会渗出汗来，对故事再也无法集中精力。比如“突然在意起来”啦、“不知为什么想到了”啦、“是多了心吧”等等之类的句子。如果一直盯着看的话，就会不明缘由地、总觉得自己似乎知道些什么。多摩子感觉身体发冷，仅仅只是极小的偶然，自己苦闷的那一层似乎都会向外冒出来。

多摩子今天看的智力竞赛节目很无聊，什么也没想便关掉了电视。吃惊地回过头去时，看到餐桌上蜷曲的乌来抬起头来，一直盯着多摩子看。两个孩子也用仿佛陌生人的眼神看着多摩子。关于中途被消除的智力竞赛节目，多摩子略微思考过。那一天，在那个午后，在脑子里突然闪过的那些光景。

多摩子们在漫无边际永远延伸的荒野，在大地的裂缝前被强制性地排列。被戴上小丑的帽子，紧紧握住按钮，永远持续地等待着正确答案。主持人已死，制作者已去，只有出题机器在没完没了地运转着。多摩子们谁也没有想过要出声指责。多摩子们戴着的帽子亮铮铮地发光、反射，好像在向谁发送 SOS 一样。

秸秆丈夫

就在前面，她的丈夫像伴跑者一样轻快地跑着。包裹着他的身体的，是所声援的足球队的球服和五分裤。在运动用品店一起购买的SKINS（压缩衣）一直覆盖到了脚踝，只不过在与运动鞋的间隔缝隙中，有两三根干燥的秸秆露了出来。在铺设得宽阔舒畅的公园跑步道上，只有他在跑过之后会掉落一些像是锯木屑一样的东西。多摩子一边巧妙地避开那些东西，一边倾听着他的声音。

“好，将背好好挺直。脚尽量不要抬起来——顺势擦过一般地跑为好。这样的话不会累。然后，两腋要认真夹紧。再然后，肚子注意不要挺出来。”

“嗯。”多摩子边回答边想：到底从哪一点开始注意为好呢？如此干劲十足地教给自己跑步方法，当然很高兴，但一次就各种各样教导那么多，反而不知道应该怎么跑了——她紧绷起差点要笑出来的脸，一边将丈夫的说明当成耳边风，一边将注意力转移到伸到了头顶的树木上的红叶。感觉就像铺垫在雅致宅邸的走廊上的绵延不断的地毯一样。绿色。黄色。红色。色彩渐变的时节，每一棵树看起来都不同。三种颜色的叶子同时纳入视线，感觉真是极为奢华。

“呀，真的好美。瞧！”多摩子说。

“真的呢。来得可真是太好了。”丈夫也抬起头来。

“嗯。谢谢带我出来。”

“不换换心情的话，工作的质量会下降。这个可是经过科学实证的。”

多摩子一边模仿着双臂有节奏摆动的丈夫，一边看着从自己的跑步服中伸出来活动的苍白消瘦的手臂。的确，如果不加强运动的话……最近，因为工作一直在家闭门不出，体力彻底下降了。特别是下半身的肌肉，虽然自己已经隐隐约约地意识到在衰退，但真正试着跑一跑，感觉就像强拉硬拽着两根血液不通的棍子一样。

将这话说给丈夫听，丈夫便道：“因为腿部肌肉是身体中最容易衰老的。去散散步也好、买买东西也好，都可以，但必须每天坚持。”一副老师告诫学生的口吻。

是啊。多摩子在心里点了点头。的确如此。可是，丈夫真的明白这些吗？多摩子迎着寒风，边回忆起在高考学习时将雪放在眼睑上驱散睡意时的爽快感，边在心里这样想。多摩子在冬天清澈的阳光中眯起眼来，眺望着就在前面奔跑着的丈夫。这个人浑身上下一块肌肉也没有，怎么会明白这些的呢？

看到对面一对身穿同款简洁粗呢大衣的恋人正牵着狗朝这边走过来。“喂，快看。那两个人。仔细看已经是上了年纪的大叔和大婶了呢。真可爱。”多摩子打趣般地小声对丈夫说道。

也同样留意到了那二人的丈夫将跑步的速度稍许放慢了那么一点点。“好时尚呢。”丈夫似乎很是快活地说。我们也想成为那样的夫妇呢，多摩子心想，并知道用不着确认，丈夫现在也一定正和自己想着同样的事。

婚后半年，越来越坚信在自己的前方，已经给铺设好了一条通往幸福的路。那种确信自己已经回避了许多人所犯下的挑选伴侣失败的满足感，是从哪儿来的呢？虽说不一定是被周围人欢迎的结婚，但在野鸟们唧唧喳喳的叫声中，现在多摩子有了一种做出了正确决定后正被祝福着的心境。

多摩子和老夫妇擦肩而过时，将自己和丈夫不久之后当然也会是如此的、关系亲密的两个人的身影牢牢地刻入眼帘之中。平日的公园一切都闪闪生辉，安稳祥和。透过枝叶间隙漏进的阳光。喷泉。草地。以及，秸秆丈夫。多摩子对自己富足的人生发出幸福的叹息。

那之后花了十五分钟，两个人以不给心脏带来负担的平稳速度绕宽敞的公园跑了一周。在占地广阔的公园，大家都享受着各随已愿的时间。凝视着花坛的约会男女。在草地上舒展放松的一家人。在长椅上练习台词的学生。还有在女孩子周围将收集起来的落叶撒落一地拍照的摄影师……

从公园里的遛狗场前经过的时候，丈夫指着饮水站道：“走到了那儿，就稍微休息一下吧。”多摩子已经到了与其说是在跑步，而实际上更接近于快走的状态，便“嗯”地应了一声，挤出了最后的一点点力气。

“我去买些喝的来，你在那边的草地上做做伸展运动。”

目送丈夫朝着自动售货机的方向跑过去后，多摩子踏着枯叶向草坪走去。那是没有人的、有稍许泥土裸露出来的地方。就那儿吧。当多摩子坐下来努力做背部后仰运动时，视线所及的前方是没有一丝云彩的无垠天空。在刺眼的阳光中闭上眼睛，顿时感觉到全身血液通畅。因为工作紧张而一直绷紧的身体，多亏了跑步很好地得到了放松。

调整好呼吸的时候，看到了树丛之间丈夫的身影。似乎去了相当远的地方寻找自动售货机。紧握着饮料瓶的丈夫并不知道多摩子正在看他，正慢慢地朝着草坪走过来。

这样看着，他不自然的举止有些醒目，但多摩子并不在意。多摩子的丈夫是用秸秆做的。将稻草或是小麦的茎秆部分干燥之后的那种秸秆——用来做家畜的饲料又或者用于其睡床的植物，将它像人一样捆扎、卷紧做成的。

多摩子遵循自己的意志，和这样的他结了婚。有好几位朋友很是担心，忠告她要重新考虑，但更多的人，就连他是秸秆做的这件事都一副完全不曾察觉的样子。多摩子所中意的是，他是比谁都明快、比谁都温柔的秸秆。只有最开始的时候，因为相互的不同，想是或许有些操之过急，也有过食不下咽的日子，但现在多摩子毫不动摇地认为自己的直觉没有错。

丈夫穿着的足球队的球衣，比公园里的任何人都要鲜明。是以太阳为主题的、美丽的黄色。与之相反，丈夫自身却像是用水墨画描绘出来的枯枝一样。多摩子不由得笑了起来。

丈夫将饮料瓶放在地面上然后跳了起来，抓住松树的枝干，开始做引体上向。在轻巧地将身体向上拉起后，若无其事地又继续迈步，抓住了掉落在地面的什么东西，飞快地放进口袋里。是橡树果呢！多摩子想。又或者，是昆虫。

丈夫注意到了多摩子的视线并开始挥手，多摩子也大大地挥动着手臂回复："这儿！"一定满脸都是笑容吧。丈夫没有眼睛没有鼻子没有嘴，但因太阳的变幻会有微细的阴影起伏，令看到的人联想起各种各样的表情。在给一旁练习杂耍的青年送上掌声之后，丈夫用似乎要飘浮到空中的动作，朝多摩子等待着的草坪跑来。

开车从公园回家的途中，丈夫说想喝拿铁咖啡。

"是想喝热的吗？现在？"

虽然想快些回家冲个淋浴，但多摩子马上很快地回答说："好啊，买了再回家吧。"丈夫那像工艺品一般被卷紧的美丽手指碰触着车子里的方向显示器。在平时应该右转的交叉路口处，当车朝着反方向转弯的那一瞬间，多摩子将紧绷着的被汗水湿透的后背靠到了座椅上。

"肚子不饿吗？"

听到丈夫从秸秆的间隙中发出不可思议的声音，多摩子回答说还没关系。他的声音，不全神贯注的话就无法听清楚。最开始多摩子也有些许困惑，但现在已经不需要那么花费苦心就能够理解了。路边的投币停车点正好有一个空位，喜不自禁的丈夫在身体微微摇动之后，关掉了引擎。就在那一瞬间，多摩子突然想起工作上一直有些停滞不前的问题，可以从别的切入口解决。为了在尚未忘记的时候记录下来，多摩子掏出了手机，并随着驾驶席一侧门打开的声音，解开安全带，直起身来准备一起下车。

可，就在这时候，似乎是碰到了什么硬邦邦的东西，车厢内响起尖锐的鸣叫声。多摩子依旧毫不在意地继续着手机输入，直到听到丈夫在问："……是什么？刚才的声音？"多摩子才在慌忙之中回过神来。

"呃……不知道。"多摩子答道，"是车碰到什么了吗？"

"不是啊，刚才是安全带发出的声音吧。"

打开车门正准备下车的丈夫一副欲下又止的姿势停住

了下车的动作，然后，低头看着紧握着手机的多摩子的手，继续说道："……为什么用那么粗暴的方式解安全带呢？"

"对不起啊。"多摩子立刻道歉。虽然并不觉得自己解安全带时有多么粗鲁。但话虽如此，上周多摩子也在想打开副驾驶席的门的时候不小心碰撞过护栏。丈夫的车刚刚新换了还不到一个月，是一部崭新的BMW。

下了车的多摩子开着车门问道："是安全带的声音吗？刚才？"

"是啊，你碰到那儿了吧。"丈夫边回答，边朝副驾驶席探过身去看究竟。

"瞧，你看看，就那儿，不是给碰坏了？"

"对不起啊。"虽然看不到，但多摩子还是道歉了。心里则在想：那样的地方，怎么可能会碰到安全带呢。可他拼命地用手指着车窗框的上方，坚持说碰坏了。多摩子觉得那看起来像是伤痕的线，很可能是原本的设计吧。但是，在他自己对此不曾意识到之前，多摩子决定不寻找任何借口地等待着。等他安静下来再装作若无其事的样子问他就好。比如说，驾驶席一侧同样的地方也确认一下看看呢？

多摩子就这么开着车门，从灌木与车的夹缝之间钻了过去，半是茫然地站在后方的车道上眺望着车厢里的情形。丈夫则依旧盯着车窗的窗框。

“你到这儿来看看！”丈夫终于开口说道。多摩子将身体再次滑入灌木丛与车的夹缝之间，按着丈夫所说的，凝神朝车门看过去。

“……看看吧，凹陷下去了。”

的确就像他说的那样。靠近车窗框上方的地方，出现了一个十分醒目的五厘米之大的凹陷。“是啊。”多摩子用手指抚摸着那个凹陷，开口道，“好像是有点凹下去了。”

多摩子将手机放进大衣口袋，然后上了车。“对不起啊。”关上车门后，多摩子微微低下头道，“对不起，不小心就……”

丈夫紧握着没有启动引擎的汽车方向盘一动不动。多重纤细的秸秆密集而成的脸，窥探不出一丝一毫的表情，但多摩子懂得丈夫正在克制着无法克制的愤怒。

“拿铁咖啡，不去买了吗？”多摩子小心翼翼地试探着搭话道。但丈夫对此完全无视，“丧气啊！”丈夫唉声叹气地垂下了头。

多摩子正不知道该如何回答是好，丈夫又再次面朝前方，重新陷入沉默。然后，过了一会儿之后，又道：“——丧气啊！”说着垂屈的脖子朝着方向盘倒了下去。

“——丧气。”

“对不起。真是对不起。”多摩子慌忙道歉。这样下去的话，说不定会永远重复着这种动作。“安全带会弹得那么高，可真是没有想到。”

没有得到回答。只听到秸秆的碎块在窸窸窣窣、窸窸窣窣地不断落到方向盘上的声音。令人难堪的沉默持续了数分钟。然后丈夫终于似乎是为了转换心情，说是要去买拿铁咖啡并打开了车门。已经起身也准备下车的多摩子，转而想到也许会被丈夫认为自己没有丝毫反省，于是仍然留在了车上。原本就没有想过要等待多摩子的丈夫头也不回地、飞快地横穿过马路走远了。

只剩下自己一个人之后，多摩子深深地叹了口气。无意识地盯着停在前面的一辆车的车牌看过一阵子之后，取出手机继续飞快地敲打出备忘录。在驾驶席找到唯一掉下的一根秸秆并拾起来时，一只手拿着拿铁咖啡返回来的丈夫一言不发地发动了车，朝着来时的道路掉转了车头。多摩子边看着后视镜边再次慎重地道歉：“真的对不起，以后，一定注意。”虽然也许还应该铺叙更多的语言，但多摩子觉得不用心的说辞才是失礼的。自己现在能够诚实地说出来的话，就只有“以后注意”这一句了。再说也不是故意的。

但是在将视线转移到窗外之后，马上又改变了想法。多摩子将自己的手覆在了丈夫放在膝盖上的手上。互相之间只是继续沉默的话，事态只会变得更加恶劣。这一点从结婚之后就已经切身感受得不能再感受了。尽管丈夫毫无反应，但多摩子暂且必须这样做。

但，就在这个时候，丈夫的手心深处有什么在隐约地蠢动起来。多摩子吓了一跳，目不转睛地盯着那只手。

刚才的那是什么呢——为了掩饰内心的不安，多摩子指着放在饮料架上的拿铁咖啡说："这个，可以喝吗？"

"请喝。"丈夫就像冷淡的接待员一样回答道。多摩子喝着温暖的拿铁咖啡，不得不想：刚才，到底发生了什么？在那些秸秆的里面，的确隐藏了些什么。才刚刚意识到用干燥的秸秆捆扎起来的丈夫手指的蠢动，接下来就感觉连头脑深处也开始了躁动。或许，刚才仅仅只是车的震动而已？没多久，车便开到了家。

回到起居室后，丈夫边说着"——沮丧啊！"边坐到了沙发上。"丧气"变成了"沮丧"是否有什么用意呢，多摩子心里这么想着，直接坐到了沙发下边铺着的地毯上。

丈夫仍然深深地垂着头，身体向前倾，双手捂着脸，仿佛在忍受绝望一般。"为什么会那么粗鲁呢？"丈夫声嘶力竭般地说，"真的不明白，买了都还不到一个月……"

"真的不是故意的。"多摩子拼命解释道，"上一次也是一样，无意识的。解除安全带时，没有意识到要那么注意……”

丈夫努力地想要理解接受，掩着脸好几次地点了点头：嗯，嗯。但结果依旧发出求助一般声嘶力竭的声音：“真的不明白。”而且，似乎是认定只有这样做才会好转似的，身体开始前后晃动起来。最开始很轻微，之后越来越大。就在无话可说的多摩子守候在一旁的时候，像是要揪掉脑袋般晃动的丈夫站起身来，朝着玄关走去。但并没有听到出门的声音，多摩子不由追了过去，只见前天刚刚打扫过的玄关地板上，丈夫正默默地打扫着。

“干什么呢？”多摩子问。“不知道。”丈夫答道。

“喂！别这样。”从丈夫手中取下扫帚，多摩子抓住丈夫的手腕将他牵回了客厅。“真的、真的，这以后绝对会注意的。”

“——嗯。”空洞的声音。多摩子耐心地克制着，看着再次前后摇晃起来的丈夫。慢慢地，心情变得就像乘上了被冲到海面无法归来的小舟一样。“真的不是故意的。”多摩子再一次不厌其烦地缓缓说明道，“拜托了，只有这一点，希望你明白。”

“是嘛。”他只嘟哝了这么一句话。

这个时候，秸秆里又一次飞速地出现某种蠢动。这次毫无疑问。细微的颤动蔓延一般遍及丈夫的全身。多摩子恶心得差点大喊起来，但丈夫自己似乎什么也不曾察觉到。

“你是想说我是故意弄伤的吗？”看来必须假装什么也没看到，多摩子勉强地继续对丈夫说道。

“我没有那样想……”

——果然如此。丈夫的，特别是相当于丈夫嘴唇部分的周围，好像被什么东西在挤压般地颤动着。多摩子的视线紧紧地盯住了那儿。“我没有那样想，可是，你最起码也一定认为车之类的受点伤并没什么，这是事实吧。”感觉丈夫每说一句话，秸秆和秸秆的缝隙里马上便会有什么东西出现一般，多摩子好几次都差点要窒息。在秸秆的深处，丈夫的内核在蠢动。那是什么呢？那是——“可是，说是一定小心——上个星期不是刚刚承诺过的吗？”

“承诺的是车门吧。”边挤出这句心虚的句子，多摩子边拼命地维系着对话，“那次之后，开门的时候真的是变得非常小心翼翼了呀。可是，我至今一次也没有想到过，必须注意不能让安全带弹起来碰到门——”

“这样的事也要提醒吗？”

在说出“这样的事也”这句话的瞬间，有什么东西从丈夫的嘴里吧嗒一声掉了下来。多摩子目不转睛地盯着，马上就确定是真有东西掉下来。但或许是混杂在长毛地毯里，居然什么也没看到。

“——一定注意。这以后，真的一定注意。”

注意到多摩子不用心的口气，丈夫责备般地追问道：“拿出更加具体的方案来。”

“一定注意的方案？”多摩子的视线无法从丈夫的脸上挪开。从丈夫的脸上所有空隙的地方，开始扑簌扑簌冒出某些东西来。那是很小的乐器。用手指刚刚能够捏起来的很小但是很多种类的乐器，仿佛从丈夫的身体里逃出来一般不断地朝外冒出来。小号、长号、小鼓、黑管、洋琴……

“关于谨慎解除安全带应该怎么办才好的方案?”被乐器夺走了意识的多摩子喃喃地道。

“可是，你并没有认真地认识到是自己不好不是吗?小心开门也是一样。结果，只不过是觉得惹我生气会很麻烦而已吧。”

丈夫的声音里开始交织着愤怒——这与乐器从他的身体里不断地溢落出来有什么关联呢?多摩子担心起来，问道:“我想我应该好好爱惜车，平时是打算要小心的。可你居然这样认为吗?”

“你并没有想过吧，说什么‘好好爱惜’之类。”从丈夫身体外溢的乐器，势头猛增了一倍，开始堆积如山连脚边的拖鞋也看不到了。而且，那些堆积的量，也正是丈夫的身体萎缩掉的量。

“为什么，我的所思所想要由你决定呢?”多摩子想阻止毫无中断迹象的不断外溢的乐器，不由自主地朝丈夫的脸下方伸出了双手。“结果，你想认为我是个讨厌的人吧。既然如此，最开始就这么说好了。为什么要这样从头到尾兜圈子尽说些挖苦人的话呢？”多摩子的两只手马上就变得满满的。从手指的一端开始，好几百个鼓和笛子掉落了下来。“居然跟这么讨厌的人结了婚哪。”多摩子道。

丈夫一边吐出好几百副钹，一边继续说道。“真的是”咣锵。“如果认为不好的话”咣锵——咣锵——咣锵——咣锵。“本来，你那样还嘴——”为什么？这个人为什么一点没有察觉到自己在口吐乐器呢？

于是乎，突然之间，乐器的势头变弱了。多摩子慌忙抬起脸来，只见应该是坐在沙发上的丈夫的身姿面目全非得令人惊心。——没有了内核的丈夫，现在只是空荡荡的寒碜的稻草。卷绳四下松弛，感觉下一秒就会完全散落在沙发上。哪一个是他呢？ 多摩子想。从他身体里出来的乐器，和这些剩下的空荡荡的稻草，哪一个才是自己的丈夫呢？

“喂，拜托了，不要再吵架了好吗！”多摩子喊道。

被这句喊声猛然惊醒的丈夫，终于闭住了想要再说些什么的嘴。然后，用冷冰冰的、拒人千里的声音道：“……是啊，吵架什么的，浪费时间呀。”

盯视着从他的缝隙中可以看见的黑色的空洞，多摩子想：乐器已经一点不剩地全部吐出来了。瞧，正好是一个丈夫分量的乐器的山堆，在地毯上堆出来了好几处——中音号、粗管上低音号、马林巴琴……多摩子提心吊胆地想要握住秸秆丈夫的手。可是，丈夫似乎无法支撑起自己球服的重量，在碰触到那双手之前，丈夫已经像被风刮倒的植物一样瘫软在沙发上。多摩子握住了那双无力的、被释放一空的手：“好了，不要勉强。全都是我不好。”又继续道：“我以后再也不坐你的车了。”

“这样也好。”丈夫声音虚弱地只说出了这么一句话。

稍一留心，就发现原来感觉宛如在太阳下晒干了的毛巾一般可爱的他的气息，已经变成了喂养家畜的饲料的臭味。多摩子站起身来，俯视着背朝自己侧卧着的空心丈夫。

怎么会跟这样的东西结婚呢？另一个自己在脑子里嘟哝着。怎么会高兴地以为和秸秆结婚就会幸福呢？将乐器全部吐光了的丈夫已经纹丝不动。说不定已经死了。用什么东西狠狠敲打一下这个身体的话，或许能确认一下到底是不是空心的吧？这个时候，俯视着丈夫的多摩子的脑子里，栩栩如生地浮现出红彤彤的火焰正在燃烧着的画面。在洒满上午阳光的这个家的起居室的雪白的沙发上，有什么正被激烈的火焰紧紧包围着的光景——给秸秆点上火，会怎么样呢？多摩子还不曾清楚。干燥的秸秆，会怎样地燃烧呢？仅仅只是想象，心脏已经怦怦跳个不停。一定只需要很少的一点火，就可以眨眼间燃烧起来。

回过神来的多摩子再无法继续直视丈夫，开始将溢落出来的乐器重新装回去。不清楚乐器是否有损坏，用双手轻轻地捧起乐器，塞到身体的空隙里，于是丈夫的身体就像吸水的海绵一样开始饱满起来。多摩子无数次地重复着这个动作。从地毯到秸秆、从地毯到秸秆。这中间只有一次，多摩子停住了手，拾起了一根散落的秸秆，拿起点香用的打火机悄悄点燃。火焰像生命物一样燃烧着。为这份美而忍不住叹了口气的多摩子心里边想着什么时候要这样点燃成捆的秸秆试试，边将最后的一点乐器也全部塞进了丈夫的空隙里。

不久，丈夫从沙发上直起身来。吸收完乐器似乎变得精神起来的丈夫抬头看着多摩子，边用微细的凹凸制造着面部的阴影，边温柔地说道："对不起，应该是我的不对。"又说："车子什么的，原本就是消耗品，可居然那么不高兴，真是对不起啊。"

"再去公园跑跑步吗？"

被丈夫握住了双手的多摩子也忘记了就在刚才还曾想象过火焰包围住秸秆的情形，痛快地答应了丈夫的邀请："嗯，好啊，我想去。"

于是，和丈夫一起乘上了车。两个人在比刚才稍许增多了一些人的公园里奔跑时，从丈夫身上又掉落了稍许的乐器，但是多摩子将视线转移到了红叶上，不由自主地赞叹："真美呀。"透过枝叶间隙漏的阳光。喷泉。草坪。花坛——在脚边，接连不断地响起乐器落地摔坏的声音。小小的圆号、定音鼓。一边跟着丈夫学习跑步的方式，多摩子一边呼吸着冰凉的空气——心情舒畅的午后。头顶上的红叶，燃烧得就像火一样美。

图书在版编目(CIP)数据

异类婚姻谭/(日)本谷有希子著;唐辛子译.
—上海:上海译文出版社,2018.8
(芥川龙之介文学奖获奖作品系列)
ISBN 978-7-5327-7708-2

Ⅰ.①异… Ⅱ.①本… ②唐… Ⅲ.①短篇小说-小说集-日本-现代 Ⅳ.①I313.45

中国版本图书馆CIP数据核字(2018)第018580号

图字:09-2017-621号

异类婚姻谭	[日] 本谷有希子 著	出版统筹 赵武平
		责任编辑 刘 玮 马 惠
異類婚姻譚	唐辛子 译	装帧设计 汐 和

上海译文出版社有限公司出版、发行
网址:www.yiwen.com.cn
200001 上海福建中路193号 www.ewen.co
杭州恒力通印务有限公司印刷

开本 787×1092 1/32 印张 6 插页 5 字数 58,000
2018年8月第1版 2018年8月第1次印刷

ISBN 978-7-5327-7708-2/I·4727
定价:42.00元